로크미디어가
유혹하는
재미있는 세상

무인환생 2

2023년 1월 10일 초판 1쇄 인쇄
2023년 1월 13일 초판 1쇄 발행

지은이 윤신현
발행인 강준규

기획 이기헌 왕소현 박경무 강민구 조익현
책임편집 금선정
마케팅지원 이원선

발행처 (주)로크미디어
출판등록 2003년 3월 24일
주소 서울시 마포구 마포대로 45 일진빌딩 6층
Tel (02)3273-5135 **Fax** (02)3273-5134
홈페이지 rokmedia.com **E-mail** rokmedia@empas.com

ⓒ 윤신현, 2023

값 9,000원

ISBN 979-11-408-0602-7 (2권)
ISBN 979-11-408-0600-3 04810 (세트)

武人還生

2

윤신현 신무협 장편소설

무인환생

차례

제12장 이름을 알리다

백상건의 말한 의미는 명백했다.

하지만 그럼에도 석진호는 웃었다.

"그래서 말씀드린 겁니다. 궁금증을 해결할 수 있다고."

"자신 있으신 겁니까?"

석진호는 곧바로 대답하지 않았다.

그저 처음 앉았을 때와 마찬가지로 여유롭게 찻잔을 들어 올렸다.

"한번 확인해 보시겠습니까?"

환생을 인정한 후 석진호는 다짐했다.

이번 생은 이전 생들과는 다른 삶을 살겠다고 말이다.

하지만 그게 조용히, 은거하듯 살겠다는 뜻은 아니었다.

힘이 있는데 사용하지 않는 건 멍청한 짓이었다.

'하고 싶은 대로 살려면 그에 합당한 위치가 되어야 하는 게 당연하니까.'

지금까지 조용히 있었던 것은 준비가 아직 덜되기도 했거니와 굳이 드러낼 필요도 없고, 일도 없어서였다.

애초에 나대는 성격이 아니기도 했고.

그러나 지금은 달랐다.

"안 그래도 석 공자님의 실력이 궁금해서 어떻게 말을 꺼내야 하나 고민이었는데."

"이참에 확인해 보시죠. 팽 소저도 궁금해하시는 거 같은데."

"맞아요!"

흑휘를 품에 안고 있는 채로 팽나연이 두 눈을 반짝였다.

다른 이도 아니고 백상건이라면 충분히 석진호의 진짜 실력을 끌어낼 수 있을 것이기에 팽나연은 잔뜩 기대하는 표정을 지었다.

"어? 어?"

반면에 지금껏 돌아가는 상황을 지켜만 보고 있던 석덕월은 좀처럼 정신을 차리지 못했다.

이게 무슨 상황인가 싶었던 것이다.

"나가죠."

"예."

하지만 석진호는 아무렇지도 않은 얼굴로 앞장섰다.

그래서 석덕월도 어영부영 뒤따르며 뒷마당으로 향했다.

"무슨 일인가요?"

"공자님?"

뒷마당에서 일을 하던 정마룡과 탁윤이 갑작스러운 네 사람의 등장에 어리둥절한 표정을 지었다.

석덕월이 찾아온 것도 놀라웠지만 둘은 유독 내려앉은 분위기에서 심상치 않은 기운을 느꼈다.

"한쪽에 물러나 있어. 윤이는 유모에게 상황 설명해 주고."

"대, 대련인가요?"

"응."

아무것도 묻지 않고 부엌으로 가는 탁윤과 달리 정마룡은 재차 물었다.

그러더니 이내 얼굴 가득 기대하며 팽나연과 석덕월이 있는 곳으로 쪼르르 달려갔다.

"괜찮을까요?"

"네. 대표두님이 생각하는 것처럼 쉽게 끝나지는 않을 거예요. 석 공자님도 만만치 않거든요."

"그래도 상대가 붕산철권 백 대협이신데……."

석덕월이 말도 안 된다는 표정을 지었다.

천재성을 엿보기는 했으나 수련한 시간이 문제였다.

그리고 시간이 짧다는 것은 공력이 얼마 없다는 것을 뜻했다.

　석가장에서 영약들을 지원해 주었다면 모를까 홀로 공력을 쌓았다면 그 양은 별 볼 일 없을 게 분명했다.

　"한번 봐 보세요."

　"예."

　호언장담하는 팽나연의 모습에 석덕월은 고개를 갸웃거리면서 옆에 선 정마룡을 힐끔거렸다.

　그런데 재미있는 건 정마룡 역시 팽나연과 같은 표정이라는 점이었다.

　궁금증과 기대감이 잔뜩 서려 있는 표정에 석덕월이 이해할 수 없다는 표정을 지었다.

　뻔히 나와 있는 결과에 기대를 하다니.

　'하지만 좋은 구경거리이기는 하니까. 붕산철권이라 불리는 고수의 움직임을 코앞에서 볼 수 있으니.'

　아는 만큼 보인다는 말처럼 많은 걸 얻지는 못하겠지만 그래도 기억에 담아 둔다면 분명 나중에 도움이 될 터였다.

　그렇기에 석덕월은 걱정을 버리고 뚫어져라 백상건을 쳐다봤다.

　그의 움직임 전부를 기억에 담겠다는 듯이 말이다.

　"준비 다 되시면 말씀하십시오."

　"다 되었습니다."

적당한 간격을 두고 마주 보고 선 백상건이 눈을 살짝 치켜떴다.

당연히 도를 들 줄 알았는데 그러지 않아서였다.

"도는 사용 안 하실 겁니까?"

"손발도 잘 씁니다. 현재는 가장 익숙하기도 하고요."

"그렇습니까."

백상건은 더 이상 묻지 않았다.

기본적인 실력이 있다는 사실을 잘 알고 있어서였다.

다만 살짝 의아하기는 했다.

적수공권(赤手空拳)보다 병기를 사용하는 게 유리한 건 사실이었으니까.

"그럼 시작할까요."

"오시죠."

백상건이 강호의 선배로서 선공을 양보했다.

그리고 석진호는 그 배려를 거절하지 않았다.

파아아앗!

땅을 박차기 무섭게 석진호의 신형이 사라졌다.

워낙에 빠른 속도였기에 마치 사라진 것처럼 보였던 것이다.

하지만 산전수전을 다 겪은 백상건의 눈에는 달랐다.

흐릿하게나마 석진호의 움직임을 잡을 수 있었던 것이다.

'빠, 빠르다!'

그러나 놀란 것은 똑같았다.

범상치 않은 실력자라는 것은 알고 있었지만 지금 보여 주는 모습은 그가 예상했던 범위 밖이었다.

그렇기에 백상건은 자기도 모르게 건곤패력신공(乾坤覇力神功)을 끌어 올렸다.

석진호가 뿌려 대는 존재감이 그를 진지하게 만들었던 것이다.

'일단 움직임을 옥죄어야 해.'

백상건은 자신의 장점과 단점을 명확히 알고 있었다.

거구의 그는 힘이 좋았지만 반대로 민첩성과 속도가 상대적으로 떨어졌다.

그렇기에 백상건은 일단 눈으로 좇기 힘든 석진호의 속도부터 봉쇄해야 한다고 생각했다.

부우웅!

생각이 거기에 미친 순간 이미 그의 쌍권은 허공을 때리고 있었다.

하북팽가의 상승 절학인 건곤신장(乾坤神掌)을 재해석해 오로지 그에 맞게 변형한 건곤신권(乾坤神拳)이 펼쳐지며 무시무시한 풍압이 사방을 짓눌렀다.

쌍권에서 흘러나온 묵직한 권풍이 사방을 휘몰아쳤던 것이다.

"협!"

석진호를 맞히기 위해서가 아니라 마음대로 움직이지 못하게 만들기 위해 쌍권을 내질렀던 백상건의 두 눈이 부릅떠졌다.

폭풍처럼 휘몰아치는 권압 속에서도 석진호가 아무렇지도 않게 이동하고 있어서였다.

마치 바람의 길이 눈에 보인다는 듯이 너무나 유려하게 노니는 석진호의 모습에 백상건의 눈은 좀처럼 감길 기미를 보이지 않았다.

파파파팡!

그러나 놀란 것과 달리 그의 주먹은 연신 석진호를 노리고서 쇄도했다.

권풍에 크게 방해는 받지 않아도 속도는 많이 죽은 상태였기에 처음보다는 확실히 수월하게 움직임을 파악할 수 있었다.

그걸 백상건은 놓치지 않았다.

'역시 근력은 아직 상대가 안 되는군.'

묵직한 파공음과 함께 연신 전신 요혈을 노리고서 파고드는 강격을 흘려 내며 석진호가 중얼거렸다.

그간의 수련으로 몸이 많이 무인다워지기는 했지만 아직 완성되었다고는 보기 힘들었다.

아직 성장 중이기도 했고 말이다.

물론 맞받아치려면 얼마든지 맞받아칠 수는 있었다.

체급에서 차이가 많이 난다지만 석진호에게는 그 격차를 감당할 기술이 있었다.

　　다만 너무나 비효율적이기에 그렇게 하지 않을 뿐이다.

　　'꼭 이길 필요는 없고 말이지.'

　　퍼퍼퍽!

　　눈 깜짝할 새에 석진호가 백상건과 간격을 좁히고서 두 손을 펼쳤다.

　　주먹, 손바닥, 손날 할 거 없이 손의 모든 부위와 방법을 이용해서 백상건의 몸을 두들겼던 것이다.

　　"크흡!"

　　굳이 요혈이나 급소를 가리지 않고 두들기는 공격에 백상건의 얼굴이 붉게 달아올랐다.

　　진지하게 대련에 임하는데도 혼자 맞기만 하자 심기가 불편해졌던 것이다.

　　그러나 아무리 초식을 정교하게 펼쳐도 석진호는 미꾸라지처럼 너무나 얄밉게 빠져나갔다.

　　'이게 말이 되나?'

　　흥분이 가라앉자 남는 것은 짙은 의문뿐이었다.

　　처음 속도전을 펼쳤을 때 그는 석진호의 전략이 나쁘지 않다고 생각했다.

　　체급에서 워낙에 차이가 나는 만큼 당연히 정면 승부는 피할 거라고 예상했었다.

무인환생

그런데 막상 뚜껑을 열어 보니 내용은 그가 추측했던 것과 너무나 달랐다.

'잘 피하는 게 아냐. 내 움직임을 예측해서 피해 내는 거다.'

대련이 이어질수록 백상건은 알 수 있었다.

석진호가 단순히 잘 회피하는 게 아니라는 사실을 말이다.

'근데 그게 말이 되나?'

의문에 의문이 꼬리를 물고 이어졌다.

자신이 내린 결론이지만 말이 안 되는 내용이었다.

백전노장이라 불려도 과언이 아닌 자신을 경험에서 압도한다는 뜻이었으니까.

하지만 그것 말고는 다른 답이 생각나지 않았다.

'전력으로 하면, 진실을 알 수 있을까?'

우우웅!

백상건의 의지에 동조하듯 전신에서 공명음이 흘러나왔다.

생각이 일자 공력이 자연스레 그의 의지를 받들었던 것이다.

동시에 주변을 집어삼킨 풍압이 더욱 강력했다.

'한 번 정도는 괜찮을 것 같은데.'

석진호의 공력 수위가 정확하게 가늠되지는 않았지만 지금까지 보여 준 움직임과 실력이라면 권기 정도는 무난히 막아 낼 수 있을 것 같았다.

그렇기에 백상건은 건곤패력신공의 진기를 가일층 끌어올렸다.

"좀 더 쓰셔도 됩니다. 그래야 궁금증이 조금은 해소되지 않겠습니까."

"그러시다면."

마치 그의 속내를 꿰뚫어 본 것처럼 말하는 석진호를 보며 백상건이 눈을 빛냈다.

그와 동시에 그의 주먹에서 눈부신 빛이 번뜩였다.

꽈아아앙!

힘차게 내지른 주먹과 함께 처음으로 굉음이 터져 나왔다.

이번만큼은 석진호도 피하지 않았던 것이다.

벌떡!

"허허! 허허허허!"

백상건이 파안대소를 터트렸다.

자신의 주먹을 멀쩡히 받아 낸 석진호를 보며 갑자기 크게 웃기 시작했던 것이다.

반대로 편히 앉아서 지켜보던 팽나연은 자리에서 벌떡 일어났다.

얼굴 가득 놀란 기색으로 말이다.

"내강(內罡)……."

"예?"

혼잣말을 중얼거리는 팽나연을 향해 석덕월이 반문했다.

그녀와 달리 석덕월은 지금의 상황에 대해서 전혀 알지 못하고 있었다.

단지 석진호가 그가 생각하던 것보다 더 뛰어난 실력자라는 것 정도만 파악했다.

"아니에요."

"아, 네."

멍한 눈으로 석진호를 뚫어져라 주시하던 팽나연이 결국 발걸음을 옮겼다.

그런데 걸어갈수록 그녀의 두 눈이 별빛처럼 반짝거렸다.

"쩐다."

"역시 공자님이세요."

"붕산철권 대협과 비등하게 겨루시다니! 역시 내 눈이 정확했어!"

한편 정마룡은 눈물을 흘릴 것처럼 감격한 표정을 지었다.

자신에게 무공을 가르쳐 주는 석진호의 실력이 엄청나다는 사실을 다시 한번 확인할 수 있어서였다.

더불어 자신만 열심히 하면, 잘하면 된다고 생각했다.

"반드시 혼쾌십삼식을 대성하겠어! 그런 다음 일류 무공으로……!"

이내 혼자서 상상의 나래를 펼치는 정마룡의 모습에 탁윤이 웃으며 고개를 저었다.

하지만 무공에 대한 열정만큼은 탁윤도 인정했다.

은근히 자극도 되었고 말이다.

"이쯤 하면 될 것 같습니다만."

"아직도 숨기시렵니까?"

"굳이 드러내는 성격은 아니라서요."

"제가 보기에는 곧 세상에 알려지실 것 같은데요."

옷매무새를 가다듬으며 백상건이 말했다.

그런데 그의 태도가 비무 전과는 확연히 달랐다.

단순히 은인을 대하는 태도에서 이제는 한 명의 무림인, 무림 고수를 대하는 것처럼 석진호를 대했다.

"굳이 막을 생각까지는 없습니다."

"한 가지 질문해도 됩니까?"

"대답해 드리면 같이 가시겠습니까?"

"부탁을 받으신 겁니까?"

백상건이 짐작 간다는 듯이 여전히 정신을 차리지 못하고 있는 석덕월을 슬쩍 쳐다봤다.

절정 고수이기는 하나 딱 거기까지였다.

그 이상의 성장은 기대하기 힘든 이가 석덕월이었다.

물론 절정 고수가 흔한 건 아니지만 백상건이 보기에 석덕월의 한계는 딱 지금까지였다.

"예. 어릴 적에 저를 많이 챙겨 주신 분이라."

武人還生
무인환생

"제가 가지 않는다면 혼자 가실 생각이겠죠?"

석진호는 대답하지 않았다.

하지만 그의 미소만으로 백상건은 대답을 들었다고 생각했다.

냐아옹!

잠깐의 정적이 내려앉을 때 팽나연의 품에 안겨서 오던 흑휘가 몸을 날려 대번에 어깨에 앉았다.

놀라운 민첩성을 보여 주며 착지했던 것이다.

그러더니 연신 석진호의 볼을 핥았다.

"역시 제 눈은 틀리지 않았어요. 그렇죠, 삼촌?"

"저보다 나은 것 같습니다, 허허허."

다가온 팽나연의 말에 백상건이 인정하듯 너털웃음을 흘렸다.

하지만 어디에서도 섭섭한 기색은 보이지 않았다.

오히려 의미심장한 눈으로 석진호를 쳐다봤다.

백상건과 팽나연이 합류하기로 결정되기 무섭게 석풍표국은 일사천리로 일을 진행했다.

흑오채에 강탈당한 표물을 회수하는 게 무엇보다 중요한 사항인 만큼 두 사람이 합류하겠다고 하자 곧바로 표사들을 소집했던 것이다.

그리고 그중에는 석진호도 있었다.

"무슨 사이일까?"

"나도 궁금하다. 석가장주의 서출이라는데."

표사들이 앞쪽을 힐끔거리며 쑥덕거렸다.

정확하게는 선두에서 말을 타고 가는 석진호와 팽나연, 백상건을 번갈아 쳐다보면서 말이다.

특히 팽나연과 나란히 말을 모는 석진호를 질투 어린 눈으로 쳐다봤다.

직계라 하나 서출인 석진호가 도화라 불리는 팽나연과 너무나 친근하게 이동하자 다들 부러웠던 것이다.

"저대로 놔두셔도 돼요?"

"앞으로는 더할 텐데 그때마다 일일이 푸닥거리를 할 수도 없지 않겠습니까."

"하긴."

분명 수군거리는 걸 들었을 텐데도 아무렇지도 않게 넘어가는 석진호의 모습에 팽나연이 묘하게 흡족한 표정을 지었다.

역시나 생각하는 것조차도 다른 이들과 다르다는 걸 알 수 있어서였다.

그러다 팽나연은 석진호의 어깨로 시선을 옮겼다.

냐아암~!

처음에는 말 머리에 올라타서 여기저기 기웃거리며 냄새를 맡던 흑휘가 이제는 지겨운 모양인지 석진호의 어깨에 늘

무인환생

어져 있었다.

마치 뼈라고는 전혀 없는 것처럼 말이다.

그런데 그 모습이 팽나연의 눈에는 너무나 귀엽게 보였다.

품에 안거나 쓰다듬는 건 허락했어도 저런 애교를 부린 적은 없기에 팽나연이 두 눈 가득 부러운 눈빛으로 흑휘를 쳐다봤다.

냐옹.

팽나연의 시선을 느낀 듯 흑휘가 슬쩍 그녀를 쳐다봤다.

하지만 이내 다시 고개를 축 늘어뜨리며 눈을 감았다.

다그닥거리는 말발굽 소리를 자장가 삼아 서서히 잠에 빠져들었다.

"흔쾌히 합류해 주셔서 다시 한번 감사합니다, 백 대협."

개인적으로 해결해야 하는 일 때문에 뒤늦게 합류한 석풍표국의 국주가 사람 좋은 미소를 지으며 말했다.

나이를 말해 주듯 백발이 성성한 모습이었으나 의외로 무복 위로 드러난 몸은 탄탄했다.

노익장을 과시하듯 상당한 근육을 유지하고 있었던 것이다.

"감사 인사는 석 공자님께 하면 될 것 같습니다. 저와 아가씨께서 합류를 결정한 건 다 석 공자님 때문이니까요."

"당연히 인사를 할 생각입니다. 그런데 백 대협."

"편히 말씀하시죠."

"저어, 계약서를 먼저 작성하지 않으셔도 되겠습니까?"

도움을 요청한 쪽은 석풍표국 쪽이었다.

그런데 당연히 계약서를 먼저 거론해야 하는 백상건은 아무런 말이 없었다.

석덕월이 합류의 대가로 제안한 내용을 듣고는 알겠다고 한 게 전부였다.

그래서 석풍표국주는 조심스럽게 먼저 운을 띄었다.

"대표두가 언급한 내용을 이행하지 않으실 생각입니까?"

"그럴 리가요. 석덕월 대표두가 말한 그대로 이행할 것입니다. 저희 표국은 신의를 가장 중요시합니다."

"안 쓰겠다는 게 아닙니다. 흑오채와의 문제가 화급을 다툰다기에 먼저 처리한 후에 작성하자는 것이지요."

"알겠습니다."

석풍표국주가 한결 가벼워진 표정으로 고개를 주억거렸다.

그러면서 동시에 의문이 들었다.

대체 석진호와 무슨 사이인지 궁금증이 들었던 것이다.

그 역시 석가장 출신이기에 석진호에 대해서 이미 샅샅이 알아본 뒤였다.

'갑자기 땅에서 솟아난 것처럼 등장했지.'

누구도 신경 쓰지 않았던, 완벽하게 잊혔던 서출이 어느 날 갑자기 화제의 중심으로 떠올랐다.

무인환생

그것도 다른 누구의 도움이 아닌 스스로의 힘으로 말이다.

심지어 태상장주마저도 관심을 보인다는 말에 석풍표국주는 슬쩍 석진호를 쳐다봤다.

하지만 그의 눈에는 딱히 특별한 게 보이지 않았다.

'무공의 천재라는 말이 있던데……'

확실히 언뜻 보기에도 근골은 뛰어나 보였다.

그러나 무림의 고수는 단순히 근골이 뛰어나다고 해서 탄생하지 않는다.

좋은 환경이 함께 갖춰져야 고수는 만들어질 수 있었다.

"궁금한 게 많은 모양입니다."

"허허, 저 역시 석가의 피를 이었지만 이렇게 직접 본 것은 처음이라서 말이지요."

"그렇습니까."

"친분이 상당히 깊어 보입니다."

거의 붙어 있다시피 말을 몰고 있는 두 사람을 슬쩍 쳐다보며 말했다.

표사들과 마찬가지로 그 역시 궁금했던 것이다.

도대체 두 사람의 인연이 어떻게 이어진 것인지 말이다.

"그럴 수밖에 없는 인연이 있어서요."

"허허, 그렇습니까."

말해 줄 수 없다는 듯이 은근슬쩍 선을 긋는 백상건의 모습에 석풍표국주가 내심 아쉬운 표정을 지었다.

알려 주지 않으니 더욱더 궁금했던 것이다.

하지만 이내 그 생각은 사라지고 흑오채가 떠올랐다.

아무래도 흑오채의 영역까지 얼마 남지 않았기에 자연스럽게 강탈당한 표물과 거력대부가 떠오른 것이었다.

'표물을 되찾는 것은 물론이고 물증도 확실하게 찾아낸다.'

석풍표국주의 눈빛이 서늘해졌다.

백상건이 합류한 이상 표물을 되찾는 것은 당연했다.

그렇기에 그는 그 이상을 노렸다.

심증을 증명해 줄 물증을 찾아서 합당한 처벌을 할 생각이었다.

'전화위복이라는 말도 있으니까.'

제대로 된 물증을 찾아낼 수만 있다면 석풍표국은 다시 한 번 도약할 기회를 얻게 될 터였다.

그걸 떠올리자 석풍표국주는 이번 일이 꼭 나쁘게만 생각되지는 않았다.

사방을 둘러봐도 보이는 것이라고는 산봉우리와 수풀밖에 없는 모습에 흑오채의 산채를 찾은 흑의 복면인이 입맛을 다셨다.

흑오산에 올 때마다 느끼는 것인데 정말 사람이 살 곳이 아니라는 생각이 들어서였다.

"오셨소?"

"약속한 대로 왔다."

교묘하게 숨겨진 산채 입구에 다다르기 무섭게 위장은 전혀 하지 않은 털북숭이 산적 하나가 하품을 늘어지게 하며 다가왔다.

경계를 서고 있던 건지 졸았던 건지 구분이 안 되는 모습으로 말이다.

그 모습에 흑의 복면인이 대놓고 눈살을 찌푸렸다.

임무만 아니라면 정말 상대조차 하고 싶지 않은 녀석들이었다.

"들어오시오. 채주님께서 기다리시니. 근데 빈손으로 온 거요?"

"따로 전달받은 내용은 없었는데."

대놓고 뒤를 기웃거리는 산적의 모습에 흑의 복면인이 인상을 썼다.

하지만 산적도 만만치 않았다.

흑의 복면인의 싸늘한 눈빛에도 혀를 차며 제 하고 싶은 말을 다 했던 것이다.

"그래도 손님으로 왔는데 선물 정도는 들고 올 수 있지 않소."

"이미 많이 준 것으로 아는데."

"우리 사이에 너무 야박한 거 아니오?"

산적이 고개를 저었다.

그러나 그 이상 투덜거리지는 않았다.

흑의 복면인에게서 흘러나오는 기운이 점차 서늘해지자 이내 입을 다물었던 것이다.

저벅저벅.

자연스럽게 단절된 대화로 인해 들리는 것은 발소리뿐이었다.

잠시 후 흑의 복면인이 산채 가장 깊숙한 곳에 위치한 거력대부의 처소에 도착했다.

"왔나?"

"예."

어설프게 만들어진 방 안에 들어간 흑의 복면인의 눈썹이 꿈틀거렸다.

벌건 대낮에, 그것도 자신이 들어왔음에도 흑오채주는 아랫도리를 훤히 드러낸 채 욕정을 채우는 걸 멈추지 않았다.

그것도 벌거벗은 세 명의 여인을 끼고서 허리를 흔드는 모습에 흑의 복면인은 그저 실소만 나왔다.

"하나 줄까?"

"괜찮습니다."

"하긴. 이 계집들도 다 자네가 가져왔으니 별다른 감흥이 없을 수도 있겠군, 흐흐흐!"

武人還生
무인환생

산골에서는 보기 드문 미색의 처자들을 마음껏 농락하며 흑오채주가 음충맞은 웃음을 흘렸다.

손님이 왔음에도 하던 일을 멈추지 않았던 것이다.

그 모습에 흑의 복면인의 얼굴이 점차 굳어져 갔다.

"어흑!"

"흡!"

무려 일각가량 더 이어진 행위는 절정에 달해서야 끝을 맺었다.

그리고 그 모습을 중간부터 끝까지 모두 지켜보게 된 흑의 복면인의 얼굴은 잔뜩 구겨졌다.

"나가도 좋다."

"예에."

만족스러운 정사를 끝낸 흑오채주가 개운한 얼굴로 여인들을 내보내고는 자리에 앉았다.

이제야 대화를 하겠다는 듯이 태사의에 앉고서는 흑의 복면인을 쳐다봤다.

"부르셨다고 들었습니다."

"아아, 아무래도 슬슬 추가적으로 받아야 할 것 같아서 말이야."

"……추가적으로요?"

흑의 복면인의 눈매가 게슴츠레해졌다.

거래의 대가로 지금까지 흑오채주에 넘겨준 것들이 은자

로 오백 냥은 훌쩍 넘었다.

그런데 또다시 무언가를 원하는 듯이 말하자 흑의 복면인이 실소를 흘리며 반문했다.

"유지비라는 게 있지 않나. 우리가 관리해 주고 있는데 유지비는 당연히 지불해야지."

"계약서에 그런 내용은 없었습니다만."

"허어, 계약서야 다시 쓰면 될 일 아닌가. 막말로 우리가 돈을 받고 석풍표국에 표물을 되돌려 주면 그쪽에도 안 좋지 않나?"

웃으며 말했지만 그 내용은 명백한 협박이었다.

그렇기에 흑의 복면인의 안면이 딱딱하게 굳어졌다.

"……무엇을 더 원하십니까?"

"술. 이왕이면 고급술로. 알다시피 우리가 마음대로 마을이나 도시를 활보할 수는 없지 않나. 여자와 일류 숙수가 있으니 이제 좋은 술만 있으면 무릉도원을 만들 수 있을 것 같아서 말이지."

"술이라."

"그 유명한 술들 있지 않나. 검남춘(劍南春)이라든가 두강주(杜康酒)라든가 서봉주(西鳳酒) 같은. 우리 같은 치들이 사 먹기 힘든 술 말이야."

흑오채주가 히죽 웃으며 말했다.

비열하기 짝이 없는 얼굴로 당연하다는 듯이 요구하는 모

무인환생

습에 흑의 복면인이 복면 속에서 입술을 깨물었다.

말도 안 되는 요구였지만 짜증 나게도 현재로써는 들어줄 수밖에 없었다.

"……당장은 힘듭니다."

"그렇겠지. 지금 말했는데 바로 나올 리가 있나. 그 부분은 나도 알고 있어. 충분히 이해하고 있고. 그래도 상급의 소홍주 정도는 금방 구해 줄 수 있지 않나? 아랫놈들도 은근히 기대하는 중이라서 말이지, 흐흐흐!"

상대가 거절할 수 없다는 걸 너무나 잘 알고 있다는 표정으로 흑오채주가 지껄였다.

그 재수 없는 모습에 흑의 복면인은 당장 몸을 날려 싸대기를 날리고 싶었으나 안타깝게도 정면으로는 승산이 없었다.

무식하기 짝이 없는 놈이었지만 지니고 있는 무공은 진짜였다.

게다가 생긴 것과 달리 잔머리 역시 잘 돌아가는 놈이었기에 흑의 복면인은 어금니를 깨물었다.

"최대한 서둘러서 준비해 보겠습니다."

"역시 통이 커. 내가 이래서 거래를 했다니까! 바로 촉이 왔지! 우리는 잘 맞을 것 같다는!"

"……감사합니다."

꽈아아앙!

흑의 복면인이 입술을 깨물며 고개를 숙일 때 갑자기 폭발음이 들려왔다.

산채의 입구 쪽에서 들려오는 폭발음에 흑오채주와 흑의 복면인의 시선이 대번에 창밖으로 향했다.

"어떤 육시랄 놈이……!"

연기와 함께 은은하게 느껴지는 진동에 흑오채주가 얼굴을 시뻘겋게 붉히며 애병인 대부를 들고서 방을 뛰쳐나갔다.

누가 봐도 습격이 분명한 상황이었기에 황급히 이동한 것이다.

그리고 그 뒤를 흑의 복면인이 따랐다.

'설마?'

갑작스러운 폭발에 흑의 복면인의 뇌리에 불길한 추측이 떠올랐다.

하지만 이내 그는 고개를 돌렸다.

흑오산이 얼마나 험준하고 산채에 외진 곳에 있는지 그가 가장 잘 알아서였다.

더구나 운 좋게 찾았다고 해도 이곳은 흑오채의 앞마당이었다.

'오히려 기회일 수도 있다. 양패구상한다면 우리로서는 더할 나위 없이 좋아.'

흑의 복면인의 두 눈이 요요롭게 반짝거렸다.

위기를 이용해 기회로 만들겠다는 눈빛이었다.

武人還生
무인환생

퍼어엉!

그때 멀리서 피가 솟구쳤다.

누군가의 머리통이 터지며 피가 분수처럼 뿜어져 나왔다.

"무, 무슨!"

다짜고짜 산채의 석문을 박살 내며 안으로 들어가는 석진호의 모습에 석풍표국주가 대경한 표정을 지었다.

당연히 싸우러 왔지만 이렇게 무식하게 쳐들어갈 생각은 아니었기에 당황한 것이었다.

하지만 선두에서 걸어가는 석진호를 따르는 백상건이나 팽나연은 오히려 당연하다는 듯이 웃고 있었다.

"걱정하지 않으셔도 됩니다, 국주님."

"지금 이 상황에 걱정을 안 하게 되겠어?"

"냉정하게 말해서 우리에게 손해는 아니지 않습니까."

"그게 문제가 아니라 지금 진호가 선두에 서 있는 거 안 보여?"

석풍표국주가 하얗게 변한 얼굴로 소리쳤다.

친분이 있는 건 아니지만 석진호는 그에게 있어 조카뻘이었다.

그런데 걱정하기는커녕 오히려 기대한다는 듯이 말하는 석덕월의 모습에 석풍표국주가 노성을 터트렸다.

"정말 괜찮습니다. 진호가 저보다 강하거든요."

"무, 뭐?"

석풍표국주의 두 눈이 동그래졌다.

믿을 수 없는 말에 놀란 것이었다.

그리고 그 말은 순식간에 표두들과 표사들에게로 퍼졌다.

물론 석덕월의 말을 곧이곧대로 믿는 이들은 없었다.

퍼엉! 펑!

그러나 그들의 의심은 오래가지 못했다.

느긋하게 걸어가던 석진호가 달려드는 산적들의 머리통을 날려 버렸던 것이다.

"허……."

"저럴 수가……."

너무나 여유롭게 산적들의 수급을 끊어 버리는 모습에 표사들은 물론이고 표두들이 입을 쩍 벌렸다.

보통의 산적 무리가 아닌, 녹림십팔채에 속해 있는 산적들이었다.

한데 그런 산적들이 석진호의 손에 추풍낙엽처럼 쓰러졌다.

투둑. 툭.

살기를 흩뿌리며 달려들던 산적들이 너무나 허무하게 허물어졌다.

박도를 채 휘두르기도 전에 그의 일격을 맞고는 절명했던

무인환생

것이다.

"죽어라!"

그럼에도 흑오채의 산적들은 덤벼드는 것을 주저하지 않았다.

고작 셋, 그것도 선두에 선 이가 이마에 피도 안 마른 핏덩이였기에 망설이지 않고 병장기를 휘둘렀다.

하지만 목표를 이룬 이는 단 한 명도 없었다.

빠각.

날아드는 낭아봉을 너무나 여유롭게 피한 석진호는 손가락으로 산적의 미간을 찔렀다.

그리고 그게 끝이었다.

미간에 구멍이 뚫린 산적이 허물어짐과 동시에 석진호는 다른 산적들에게로 몸을 날렸다.

투두두둑!

파죽지세라는 말이 절로 떠오를 정도로 석진호는 선봉장으로서의 역할을 톡톡히 했다.

앞을 막는 모든 것을 깨부수며 나아가는 모습에 팽나연의 눈빛이 몽롱해졌다.

"고양이도 보통 고양이가 아닙니다."

하지만 백상건은 다른 것에 놀랐다.

석진호의 어깨에 찰싹 달라붙어 있는 흑휘의 모습에 헛웃음을 흘렸던 것이다.

"흑휘가 평범한 고양이는 아니죠."

"뒈져라, 계집!"

팽나연이 등에 메고 있던 거패도를 뽑아 들었다.

이윽고 겁도 없이 달려들었던 산적 하나가 세로로 양분되었다.

"석 공자님이 말씀한 대로 제가 나설 필요가 없을 것 같은데요?"

언뜻 보기에도 안쪽에서 밀물처럼 쏟아져 나오는 산적들의 숫자가 거의 백에 가까워 보였다.

그러나 백상건은 그 모습을 보고도 딱히 나설 기미를 보이지 않았다.

앞에 서 있는 석진호의 기도가 달려오는 산적들을 전부 다 뒤덮고도 남음을 잘 알고 있어서였다.

퍼퍼퍼퍽!

그 사실을 증명하듯 석진호는 달려드는 산적들에게 절대 한 번 이상 손을 쓰지 않았다.

이류 수준이든 일류 수준이든 누구나 공평하게 한 방으로 끝냈다.

지극히 간결하고 깔끔하며 효율적인 움직임으로 산적들을 도륙했던 것이다.

"미, 미친⋯⋯!"

"대체 어디서 저런 자가!"

무인환생

순식간에 반에 가까운 동료들이 살육당하자 살기등등하게 달려들던 산적들이 주춤거렸다.

덤벼들어 봤자 개죽음이라는 사실을 깨닫고는 멈칫거렸던 것이다.

동시에 그들의 뇌리와 육신에 공포가 짙게 서리기 시작했다.

"……!"

"허!"

그리고 놀란 건 석풍표국 쪽도 마찬가지였다.

석덕월을 제외한 모두가 하나같이 경악한 얼굴로 석진호의 뒷모습을 바라보고 있었다.

그중에 은근슬쩍 뒤에서 까 대거나 뒷담화를 하던 이들의 안색은 해쓱해졌다.

자신의 실수가 너무나 선명하게 떠올라서였다.

히끅!

개중 몇몇은 아예 딸꾹질까지 했다.

특히 표사들, 이급 표사, 삼급 표사의 반응이 심각했다.

"뭐 해, 안 오고?"

부르르르!

한편 오랜만에 피 튀기는 실전을 만끽한 석진호가 씨익 웃으며 말했다.

전신에 오소소 돋는 기분 좋은 전율에 좀 더 싸우고 싶었던 것이다.

아무리 대련을 실전같이 한다고 하지만 대련은 대련이었다.

절대 살 떨리는 실전과 같을 수는 없었다.

"이 정도에 겁을 먹다니, 어떻게 녹림십팔채에 들어갔지? 근성이 없어도 너무 없는데."

움찔거리기만 할 뿐 좀처럼 달려들 기미를 보이지 않는 산적들의 모습에 석진호가 못마땅한 표정을 지었다.

이제 막 흥이 오르려고 하는데 중간에 끊어지자 기분이 언짢아졌던 것이다.

그런데 그 모습에 산적들은 더욱더 소름이 돋았다.

전투가 아니라 일방적인 학살임을 다시 한번 깨달을 수 있어서였다.

"그만할 거면 네놈들 두목 데려와. 거력대부 말이야."

"이 모자란 것들!"

"켁!"

조롱이 가득 담긴 석진호의 말이 끝나기 무섭게 뒤쪽에서 커다란 노성이 터져 나오며 피가 솟구쳤다.

잔뜩 겁에 질린 부하들 중 한 명의 머리통을 아귀힘만으로 터트리며 거력대부가 모습을 드러냈던 것이다.

쿵쿵쿵쿵!

팔 척에 가까워 보이는 거구가 큼지막한 도끼를 쥐고서 성

무인환생

큼성큼 걸어오니 땅이 미미하게 진동했다.

그와 동시에 흑오채의 산적들이 좌우로 갈라지며 거력대부의 길을 비켜 주었다.

"흐음."

하지만 석진호의 시선은 그가 아닌 뒤에서 따라오는 흑의복면인에게로 향했다.

누가 봐도 '나 수상한 사람이오.'라고 말하고 있었기에 자연스레 시선이 갔던 것이다.

그리고 그건 뒤쪽에 있던 백상건과 팽나연도 마찬가지였다.

"허업!"

하의도 제대로 입지 않은 상태로 붉으락푸르락한 얼굴로 걸어 나오던 흑오채주가 순간 눈을 부릅떴다.

분노를 단숨에 잠재울 만한 미모의 여인이 거패도를 들고 서 있자 두 눈이 휘둥그레졌던 것이다.

동시에 축 늘어졌던 하물이 서서히 용틀임을 하기 시작했다.

얼굴만 봐도 흥분이 되었던 것이다.

"아가씨."

"안 봐요. 관심도 없고요."

그 모습에 백상건이 슬쩍 팽나연의 앞을 가로막았다.

예쁘고 아름다운 것만 봐도 모자란 것이 삶인데 굳이 더럽고 추악한 걸 볼 필요는 없다고 생각해서였다.

그런데 걱정과 달리 팽나연은 아무렇지도 않은 얼굴이었다.

사지를 절단 내고 시체들도 수두룩하게 봤던 그녀에게 남자의 물건은 딱히 특별하지 않았다.

"이거, 호박이 넝쿨째 들어왔군. 생각지도 못한 수확이야."

"그건 네 생각이고."

"응?"

백상건의 거구에 겨우 가려진 팽나연을 보며 군침을 질질 흘리던 흑오채주가 듣는 순간 기분이 나빠지는 묘한 목소리에 고개를 돌렸다.

그러자 부하들을 공포에 떨게 만든 주인공이 그의 눈에 들어왔다.

"딴생각하지 말고 얼른 와라. 후딱 끝내게."

"크큭! 크하하하!"

자신을 마치 식후 운동감 대하듯이 말하는 석진호의 모습에 흑오채주가 파안대소를 터트렸다.

약관도 채 되지 못한 애송이가 말도 안 되는 헛소리를 지껄이니 웃음이 나왔던 것이다.

하지만 대놓고 비웃는 흑오채주의 모습에도 석진호는 흥분하지 않았다.

그저 귀엽다는 듯이 피식 웃고는 땅을 박찼다.

무인환생

"흡!"

고개까지 뒤로 젖히고서 대소하던 흑오채주가 순간 움찔거렸다.

등골이 오싹할 정도의 서늘한 기세가 몸을 덮쳐 옴을 느껴서였다.

그리고 이것이 말해 주는 것은 명백했다.

'이 애송이에게 내가 위협을 느꼈다고?'

본능이 말해 주는 선명한 직감에 흑오채주가 얼굴을 일그러뜨렸다.

아무리 생각해도 그건 말이 안 된다고 생각해서였다.

별 볼 일 없던 흑오산의 산적 무리를 녹림도 중의 녹림도라 할 수 있는 녹림십팔채에 들어가게 만든 이가 바로 그였다.

한데 그런 자신이 위협을 느꼈다는 건 말도 안 되었다.

'두 놈을 쪼개고 계집을 먹는다!'

말도 안 되는 사실에 직감을 무시하며 흑오채주가 애병인 대부를 크게 휘둘렀다.

늘 그래 왔던 것처럼 이 대부로 애송이는 물론이고 거구의 중년인까지 반 토막을 낸 다음에 미칠 정도로 아름다운 여인을 취할 생각이었다.

콰앙!

하지만 그의 계획은 처음부터 엇나갔다.

당연히 머리부터 쪼개질 거라 생각했던 애송이가 너무나

쉽게 그의 참격을 피해 냈던 것이다.

"용하군. 눈깔부터 글러 먹었는데 말이야. 아, 처신을 잘해서 지금까지 버틴 건가?"

"이 찢어 죽일 놈의 새끼가……!"

백상건보다 족히 반 배는 더 큰 듯한 흑오채주가 누런 이빨을 드러내며 석진호를 잡아먹을 듯이 쳐다봤다.

그러나 안타깝게도 그의 말은 끝까지 이어지지 못했다.

터엉!

석진호의 발길질에, 땅바닥에서 반쯤 빠져나왔던 애병이 산산조각 났던 것이다.

순식간에 손잡이만 남기고 박살 난 애병의 모습에 흑오채주의 퉁방울만 한 눈이 더욱 커졌다.

동시에 그의 뇌리에 경종이 울렸다.

'미, 미친!'

하지만 그의 생각은 더 이상 이어지지 못했다.

어느새 다가온 석진호의 손바닥이 그의 안면을 움켜잡았던 것이다.

콰아앙!

이윽고 그의 머리가 바닥에 처박혔다.

석진호가 부여잡기 무섭게 그대로 땅바닥에 내려찍었던 것이다.

"채, 채주!"

무인환생

"허억!"

그 광경에 내심 기대했던 산적들의 안색이 창백해졌다.

설마하니 믿었던 흑오채주가 단 이격 만에 바닥에 처박힐 줄은 몰라서였다.

"방심은 금물이지. 안 그래?"

"끄아아악!"

허무할 정도로 쉽게 제압당한 흑오채주가 비명을 질렀다.

얼굴을 덮은 손바닥에서 흘러들어 오는 진기가 그의 전신 혈맥을 사정없이 찢어발겨서였다.

찌릿찌릿한 뇌기가 순식간에 육신을 헤집어 버리는 고통에 흑오채주는 정신을 차리지 못했다.

"뭐, 나야 쉽게 끝내서 좋았지만. 근데 좀 아쉽군. 간만에 몸 좀 제대로 풀어 보나 싶었는데."

식진호가 입맛을 다셨다.

그래도 나름 십 년 넘게 악명을 유지하고 있다고 해서 기대했는데 역시나 몸뚱이만 믿고 나대는 머저리였다.

물론 반항을 안 한 것은 아니었다.

다만 상대가 나빴을 뿐이다.

"어이, 거기."

"히이익!"

감전당한 개구리처럼 대자로 뻗어서 부르르 떨고 있는 흑오채주에게서 손을 뗀 석진호가 나지막하게 입을 열었다.

흑오채주가 일어날 기미를 보이지 않자 은근슬쩍 도망치려던 흑의 복면인을 불렀던 것이다.

하나 그 말에 멈출 흑의 복면인이 아니었다.

이미 기세가 기울었다고 판단했기에 흑의 복면인은 뒤도 돌아보지 않고 도망쳤다.

'무조건 빠져나가서 상부에 보고해야 해!'

살아남는 것도 중요했지만 그 못지않게 중요한 게 바로 현재의 상황이었다.

믿고 있던 흑오채가 무너진 만큼 그에 따른 대책을 세워야 했다.

특히 그는 도망치기 직전 두 눈으로 똑똑히 봤던 석풍표국주의 얼굴을 떠올렸다.

'도대체 어디서 저런 괴물 같은 고수를 데려온 거야? 또 하북팽가는 뭐고!'

흑의 복면인이 이를 악물었다.

머리 가득 복잡한 생각들이 가득 차올랐다.

그러나 중요한 것은 이곳에서 빠져나가는 것이었다.

피잉!

다만 문제는 그걸 석진호가 허락하지 않는다는 점이었다.

정강이 뒤쪽에서 화끈거림이 느껴진다 싶을 때 그의 몸이 앞으로 고꾸라졌다.

인지하기도 전에 균형이 무너졌던 것이다.

"어딜 도망가려고."

"흐읍!"

등 뒤에서 들려오는 섬뜩한 목소리에 흑의 복면인이 다급히 몸을 일으켰다.

하지만 지풍에 관통당한 오른발은 그의 뜻대로 움직여 주지 않았다.

탑!

"너를 보고 싶어 하는 사람들이 참 많아서 말이지. 그래서 말인데, 오붓하게 대화 좀 하는 건 어때? 장난질 말고."

마지막까지 도망치려 하는 흑의 복면인의 뒷목을 잡은 석진호가 그대로 양 볼을 눌렀다.

입도 벌리고 혀도 마음대로 놀리지 못하게 압박했던 것이다.

그러고는 혹시라도 있을지 모를 독단을 확인했다.

"허허허, 진짜 철두철미하시군요."

"이왕 하는 일, 확실하게 해야죠."

그 모습에 뒤따라왔던 백상건이 고개를 절레절레 저었다.

제13장 다시 생각해도 싫다니까요

흑오채의 일을 마무리 지은 석진호는 다시 일상으로 돌아왔다. 거력대부와 흑의 복면인을 사로잡은 것으로 그의 일은 끝났기 때문이다.

뒤처리는 석풍표국이 맡아서 했기에 석진호는 미련 없이 자신의 집으로 돌아왔다.

하아암!

이제는 뜨겁게 느껴지는 햇살에 흑휘가 그늘과 햇볕이 반쯤 들어오는 명당에 드러누워 하품을 했다.

늘 그렇듯이 여유를 만끽하는 모습이었다.

"이거 받아라."

어느 정도 뒷정리를 마친 석덕월이 며칠 전과는 확연히 달라진 얼굴로 석진호를 찾아왔다.

그런데 석진호는 다짜고짜 봉투부터 내미는 석덕월을 지그시 쳐다봤다.

"뭡니까?"

"현상금. 거력대부의 목에 걸려 있던 거야."

"아하."

"현금으로 가져오기에는 좀 무거워서 전표로 가져왔다. 악명만큼이나 금액이 짭짤해."

"호오."

물욕은 없지만 그렇다고 돈의 유용성을 모르지는 않았다.

게다가 다다익선이라는 말처럼 돈은 많아서 나쁠 것은 없었다.

오히려 부족해서 수많은 문제가 생기면 생겼지.

"흑오채주만큼은 아니지만 네가 잡은 녀석들의 현상금도 포함이야. 자잘한 녀석들이라 금액은 크지 않지만 그래도 없는 것보다는 나으니까."

"고놈에 대해서는 알아보셨습니까?"

"흑의 복면인은 입을 다물었지만, 흑오채주가 따로 증거를 모아 두었더라고. 확실히 생긴 것과는 다르게 교활한 녀석이야. 증거가 하나둘 모이고 있으니 곧 결과가 나올 거다."

"백마표국인가요?"

석진호가 차를 한 모금 들이켜며 물었다.

크게 관심은 없지만 그래도 조금은 궁금해서였다.

이인자가 일인자에게 갖는 열등감과 자격지심에 대해서는 그도 너무나 잘 알고 있었으니까.

더구나 개인이 아닌 단체의 문제인 만큼 지금 잡지 못하면 큰 문제로 번질 가능성도 있었다.

"다른 곳들도 알게 모르게 조력한 거 같은데 거기까지는 밝혀내기 힘들 거 같아. 사실 이런 견제가 비일비재한 업계이기도 하고. 그래서 지워 버리는 것은 힘들 것 같다."

석덕월이 얼굴 가득 분한 표정을 지었다.

마음 같아서는 당장 다 때려 부수고 싶지만 현실적으로는 힘들었다.

같이 죽자는 식으로 달려들면 망하게 만드는 게 가능하기는 하겠지만 그만큼 석풍표국의 피해 역시 클 게 자명했기에 적당한 선에서 합의를 보고 끝날 게 분명했다.

"일 등과 이 등이 피 터지게 싸울수록 삼 등과 나머지만 좋은 일이니까요."

"그것도 있고. 근데 진호야."

"예."

"대체 어떻게 그리 강해진 거냐?"

석덕월이 부러움이 가득 담긴 어조로 물었다.

하지만 질투나 시기심 같은 감정은 전혀 없었다.

오히려 대견하다는 기색이 더 짙었다.

"재능과 노력 그리고 운이 삼위일체가 되어 가능했다고나 할까요."

"나에게는 두 개나 부족하구나."

"인생은 어떻게 될지 모릅니다. 마지막까지 가 봐야 아는 게 인생입니다."

"이제 꼴랑 열일곱인 녀석이."

석덕월이 피식 웃었다.

대화만 들으면 누가 어른이고 누가 아이인지 구분이 가지 않을 정도로 애늙은이 같은 말에 석덕월은 고개를 저었다.

"책에도 나와 있는 말입니다."

"나도 안다. 근데 그게 뜻대로 되지 않는 게 인생이니까."

"그렇죠. 제가 일찍 터지기만 했어도 요 모양 요 꼴이 되지는 않았을 텐데."

"지금도 안 늦었어. 요즘 너 때문에 장원이 난리인 건 알고 있지?"

"들기는 했습니다. 수다쟁이 녀석이 하나 있어서."

석진호가 어깨를 으쓱거리며 말했다.

그런데 그 말에 석덕월도 웃었다.

누구를 말하는 건지 단박에 알아들은 것이었다.

제 딴에는 마당발이라고 하지만 그가 보기에는 그냥 싸돌아다니기 좋아하는 녀석이었다.

"성격은 좋더만."

무인환생

"말이 너무 많습니다, 쓸데없이."

"그건 인정. 그래도 비열하거나 추잡스럽지는 않잖아. 애는 착해."

"그러니까 거둔 거죠."

이번만은 석진호도 순순히 인정했다.

말이 많아서 그렇지 본성은 착했다.

또한 눈치가 빨라서 탁윤과 달리 그에게 필요한 것들을 재빠르게 파악하고 처리하는 능력도 갖춰서 데리고 있으면 편한 건 사실이었다.

"그 문제는 좀 더 지켜봐야 할 것 같고. 근데 너 진짜 나올 거냐?"

"예. 여기에 제 자리는 없어요."

"지금은 상황이 많이 달라진 거 같은데. 굳이 나올 필요가 있을까?"

"떠보는 겁니까?"

석진호가 석덕월의 속을 훤히 안다는 듯이 반문했다.

그러자 석덕월이 헛기침을 했다.

역시 무공만큼이나 눈썰미도 만만치 않은 것 같아서였다.

진짜 혹여 다른 사람이 들어간 건 아닐까 하는 생각도 들었다.

"이건 내가 꺼낸 게 아니다. 표국주님께서 나에게 직접 말하신 거야. 너 나올 거면 우리 표국에 들어오는 건 어떠냐? 당장 표두 자리는 힘들겠지만 일급 표사는 바로 가능해. 그렇게 한 삼사 년 경험 쌓고 표두가 되는 거지. 여기에서나 방계이지 표국에서 석가 사람들은 진골이야. 직계와 방계의 구분도 없고, 오로지 실력이 제일 중요해."

"근데 국주 자리는 힘들잖아요. 석풍표국주는 석가장주만이 임명하는 자리라."

"글쎄. 너라면 나는 불가능할 거라고는 생각하지 않는데."

석덕월이 진심을 담아 말했다.

지금만 하더라도 최절정 고수인 거력대부를 때려잡은 강자가 석진호였다. 부족한 경험만 좀 더 쌓는다면 그는 충분히 석풍표국의 주인이 될 수도 있을 거라고 생각했다.

게다가 서출이지만 추후 석가장주와 형제인 항렬이 석진호였기에 자격은 충분했다.

"제안은 감사하지만, 죄송합니다. 제 뜻이 표국계에 있지 않아서요."

"으음! 역시 부족한 게냐?"

"부족하다기보다 뜻이 없다는 게 맞겠네요."

"그럼 나가서 뭐 하려고?"

"일단은 천천히 준비할 생각입니다. 고민도 좀 하면서요. 꼭 급하게 살 필요는 없지 않습니까?"

느긋한 얼굴로 석진호가 다호를 들었다.

어느새 다 비워진 석덕월의 찻잔에 차를 따라 주기 위해서

무인환생

였다.

"하긴. 네 나이를 생각하면 급할 게 없지. 인생이라는 게 계획한 대로 흘러가는 것도 아니니."

"금기서화도 좀 배우고, 다양한 경험을 쌓을 생각입니다."

"여행도 좋아. 중원을 한 바퀴 도는 것도 좋은 경험이 될 거다. 그래서 나 역시 국주님의 의견에 동의한 것이기도 하고. 표사의 장점이자 단점이 중원 곳곳을 돌아다닐 수 있다는 것이니까."

"역마살이 없으면 힘들죠. 근데 아저씨도 이제는 슬슬 가셔야 하지 않습니까, 장가?"

"쿨럭!"

차를 들이켜던 석덕월이 사레라도 걸린 것처럼 기침을 심하게 했다.

생각지도 못한 단어에 성말 깜짝 놀란 것이었다.

"이제 슬슬 가정을 꾸릴 때도 되지 않았습니까? 마흔이 불혹이라 불리는 나이인 만큼 가정에 충실할 수도 있다고 생각합니다."

"허허! 허허허허!"

"그래도 업계 최고인 석풍표국의 대표두인데 혼담이 안 들어오는 건 아닐 테고요."

"그만 놀려라."

석덕월이 헛웃음을 흘렸다.

어째 나이가 반도 안 되는 석진호에게 말리는 것 같은 기분이 들었다.

그런데 그게 이상하게도 기분 나쁘지는 않았다.

"전 진심인데요."

"하면 나도 하나 묻자. 팽 소저를 어찌 생각하느냐?"

"못 오를 나무는 올려다보지도 말라는 속담이 있지요."

"꼭 그렇게 생각할 필요는 없을 것 같은데. 결국 남자는 능력이야."

석진호는 어깨를 으쓱거렸다.

사실 주변에서 떠들어 대는 것과 달리 그는 딱히 팽나연에 대해서 깊게 생각해 본 적이 없었다.

그냥 인연이 닿아서 만나는 것뿐이었다.

교제니 연인이니 하는 건 아예 관심도 없었고.

"아직은 부족하다고 생각해서요."

"네가? 정말 그렇게 생각하는 건 아니지? 그럼 나나 표국 주님의 안목을 무시한 거야. 우리 아무나 영입 안 해. 따져 볼 거 다 따져 보고 영입하는 곳이 바로 우리다."

"그럼 자격 미달인 걸로."

석덕월이 헛웃음을 흘렸다.

이렇게 대번에 까일 줄은 몰라서였다.

하지만 포기할 생각은 없었다.

"가끔, 지금처럼 도와주는 것도 안 되느냐? 그에 따른 대

武人還生
무인환생

가는 충분히 지불할 용의가 있다."

"생각해 보겠습니다."

"……너무 고민 없이 대답하는 거 아니냐?"

"저도 나름 하고 있는 일이 있을 테니까요. 사실 지금도 충분히 바쁘기도 하고요."

"끄응!"

석덕월이 앓는 소리를 냈다.

그러나 어쩔 수 없었다.

매달리는 쪽은 그였기에 불만스러워도 받아들여야 했다.

"제가 꽤 비싼 몸값을 가지고 있어서 말이죠."

"그래, 너 잘났다."

"앞으로는 더 잘나갈 겁니다."

"까이긴 했지만 솔직히 기분은 좋다. 네가 잘된 것 같아서."

석덕월이 진심을 담아 웃었다.

결국 임무를 완수하지는 못했지만 그럼에도 그는 웃을 수 있었다. 버림받고 방치되어 있던 석진호가 보란 듯이 재기했기에 그는 뿌듯한 얼굴로 어깨를 두드려 주었다.

"아저씨 덕분입니다. 물론 다는 아니고 약간의 지분이지만요."

"한마디도 안 지지."

"맞는 말이니까요."

"나중에 더 성공하더라도 나 잊으면 안 된다?"

장난스럽게 말하는 석덕월을 향해 석진호가 씨익 웃었다.

석덕월과 마찬가지로 개구진 미소였다.

"그건 그때 가 봐야 알 것 같습니다."

"뭐라고?"

"걱정 마세요. 은혜는 잊지 않으니까요. 그리고 이번에 달아 둔 빚도 잊지 마시고요."

"당연하지. 우리도 은혜는 잊지 않아. 그러니 걱정하지 않아도 된다."

일 얘기를 끝낸 두 사람은 화기애애한 대화를 이어 갔다.

흑오채의 일도 있었기에 나눌 대화는 많았다.

모든 물품과 가구가 큼지막한 방 안에서 거구의 남자가 인상을 찌푸리며 서신을 읽고 있었다.

무슨 내용인지 못마땅한 기색이 가득했던 것이다.

그 모습에 서신을 가져온 총관은 마른침만 삼키며 공손히 서 있었다.

"석가장의 일공자에 대해서 읊어 봐."

"이름은 석진룡이고 나이는 스물다섯. 대공자는 아니고 손아래 남매와 후계 다툼을 벌이는 중입니다. 능력은 나쁘지 않으나 성격이 조금 편협하다고 알려져 있습니다. 석가장의

무인환생

후계자가 된다면 무난하게 석가장을 이끌어 나가지 않을까 판단하고 있습니다."

"한마디로 둘째나 셋째를 압도하지는 못한다는 뜻으로 들리는데."

"분야가 다르기는 하지만 둘 다 일공자 못지않은 인재들이라고 합니다. 다만 셋째는 여아인 만큼 아무래도 지지 기반이 부족합니다. 그래서 현재 일공자와 이공자의 이파전이라고 보시면 될 것 같습니다."

청산유수처럼 이어지는 총관의 대답에 하북팽가의 주인, 팽진극이 호목(虎目)을 번뜩였다.

말만 들어도 별 볼 일 없는 녀석임을 알 수 있어서였다.

더구나 무가도 아닌 상가의 자식이었기에 그는 더더욱 마음에 들지 않았다.

"무공은?"

"딱히 무공을 익히지 않은 것으로 알고 있습니다."

"아예?"

"예."

총관이 단호하게 대답했다.

이미 몇 번이고 확인한 사항이었기에 망설임은 없었다.

"허! 그런 놈이 감히 내 딸을 달라고 했단 말이지."

팽진극이 어처구니없다는 표정을 지었다.

물론 그 역시 석가장의 위세가 어느 정도인지는 알고 있었다. 적어도 중원 상계에서는 절대적이라고 할 수 있을 만큼 영향력이 크다는 사실을 말이다. 하지만 그렇다고 해서 석진 룡이 마음에 드느냐 하면 그건 아니었다.

"후계자도 아니고 후계 다툼을 벌이는 녀석이 혼담을 넣었 단 말이지? 그것도 우리 나연이에게 말이야."

딱. 딱. 딱.

솥뚜껑만 한 손바닥만큼이나 두꺼운 손가락이 거칠게 책 상을 두드렸다.

소리만 들어도 그의 심기를 알 수 있을 정도였다.

"육룡이 혼담을 넣어도 허락할까 말까인데 감히 제 놈 따 위가 나연이를 원해?"

우우우웅!

앉아 있는 팽진극에게서 무시무시한 기파가 폭발적으로 솟구쳤다.

결국 노기를 참지 못하고 흥분한 것이었다.

"가, 가주님."

"후우! 내가 너무 흥분했군. 미안해."

"아닙니다. 저라도 마찬가지였을 겁니다."

"흠흠! 그렇지? 우리 나연이가 어떤 아이인데."

언제 흥분했냐는 듯이 팽진극이 바보와 같은 미소를 지었 다. 딸을 생각하는 것만으로도 기분이 좋아졌던 것이다.

하지만 이내 석진룡을 떠올리고는 무시무시한 안광을 토

무인환생

해 냈다.

"거절하겠다고 서신을 보내겠습니다."

"당연하지. 어디서 제 주제도 모르고 감히!"

팔불출의 면모를 유감없이 보여 주며 팽진극이 삼매진화로 서신을 불태웠다.

누가 봐도 정성스레 쓴 서신이었지만 팽진극에게는 쓰레기일 뿐이었다.

"아, 그리고 백 호법에게서 연락이 왔습니다."

"상건이가?"

"예. 흑오채에 관한 내용입니다."

"줘 봐."

안 그래도 언제쯤 서찰이 오나 기다리고 있었다.

석가장과는 주기적으로 연락을 주고받는 관계가 아니었기에 바로 왕복하는 전서구가 없어 늘 인편을 이용해야 했는데그로 인해 시간이 좀 더 소요되었다.

그래서 언제 오나 기다리는 중이었는데 때마침 도착했다고 하자 팽진극은 냉큼 손을 내밀었다.

"여기 있습니다."

"석진호에 대해서도 읊어 봐."

"나이는 열일곱으로 아가씨와 동갑입니다. 그런데 특이한게, 작년 생일이 지나고 갑자기 두각을 드러냈습니다. 그 전까지는 버림받은 전형적인 서출의 생활만 했습니다. 딱히 특출난 모습을 보이지도, 외부 활동을 하지도 않았습니다."

"갑자기 두각을 드러냈다라. 조용히 때를 기다린 건 아니고?"

"우울증으로 죽기 직전까지 갔다고 합니다."

팽진극이 피식 웃었다.

설명만 들어도 얼마나 심약하고 나약한 성격인지 알 수 있어서였다. 그런데 손에 들고 있는 백상건의 평가는 총관의 설명과 완전히 달랐다.

"호오."

극찬에 가까운 내용이 담겨 있는 서찰을 보며 팽진극이 눈을 크게 떴다.

만약 백상건의 말이 사실이라면 백 년에 한 번 나올까 말까 한 천재였다.

특히 흑오채를 깨부술 때의 설명이 그의 시선을 끌었다.

'거력대부를 단 두 수 만에 제압했단 말이지.'

흑오채가 산서성에서 악명이 자자하다고 하나 하북팽가라는 거대한 세력을 이끄는 그에게는 산적 나부랭이일 뿐이었다.

하지만 그렇다고 해서 거력대부를 폄하하지는 않았다.

십 년 동안 죽지 않고 악명을 날렸다면 무공이든 처세술이든 살아남을 만한 능력이 있다는 걸 뜻한다.

그런데도 석진호는 거의 혼자서 흑오채를 박살 냈다고 했

武人還生
무인환생

다.

'상건이를 꼬드겨서 말이지.'

석풍표국의 제안은 하북팽가로서도 나쁘지 않았다.

주저리주저리 나열되어 있지만 핵심은 본래 납품하던 가격보다 싸게 납품하는 것은 물론이고 향후 삼 년 동안 하북팽가에 한해서는 표행비를 받지 않겠다고 했다.

하북팽가 입장에서는 그리 큰 금액은 아니지만 그렇다고 무시할 만한 것도 아니었다.

오히려 단 두 명의 인력을 내주는 것치고는 얻는 게 많은 거래였다.

'근데 정작 상건이가 한 건 없다고 했지. 나연이가 실전 경험을 쌓았으면 쌓았지.'

팽진극이 턱을 쓰다듬었다.

결정은 백상건이 했지만 그를 꼬드긴 건 석진호였다.

그는 그 점에 집중했다.

우직하고 단순해 보이지만 백상건은 절대 어리석지 않았다.

"이번 흑오채의 일로 석가장 내에서의 평가가 완전히 달라졌다고 합니다."

"그럴 테지. 후기지수가 할 수 있는 일은 아니니까. 적어도 육룡급 정도가 나서지 않으면 이렇게 깔끔하게 박살 내기 쉽지 않으니까."

"석풍표국이 전력으로 나서기는 했지만 그래도 선봉장으로서 역할은 충분히 했다고 합니다. 백 호법을 끌어들인 것 또한 사공자이고요."

"또 나연이를 꼬시기도 했고."

팽진극이 묘한 표정을 지었다.

과거의 석진호라면 그는 거들떠도 보지 않았을 터였다.

하지만 지금은 달랐다.

은혜라고 할 정도로 큰 도움을 받았을뿐더러 지금의 석진호는 최고의 후기지수라는 육룡 못지않은 잠재력을 지니고 있는 기재였다.

"안 그래도 그 부분에 대해서 말씀드릴 게 있습니다. 이제는 슬슬 돌아오도록 해야 하지 않겠습니까. 슬슬 구설수가 나오고 있습니다."

"흠, 그럴 테지."

"이런 쪽의 소문은 남자보다는 여자 쪽에게 치명적입니다. 더구나 이유를 알릴 수 없는 형편이기에 유언비어들이 난무할 가능성이 큽니다."

팽진극이 고개를 주억거렸다.

굳이 총관이 짚어 주지 않아도 그 역시 고민하는 부분이었다. 다만 문제는 그가 오라고 한다고 팽나연이 순순히 올 가능성이 희박하다는 점이었다.

"일단 사람을 보내. 이제 그만하고 돌아오라고. 안 온다고

무인환생

하면 사공자를 데려오라고 해."

"석진호를요?"

"응. 내가 한번 보고 싶어 한다고. 호기심이 생겼어. 대체 어느 정도이기에 상건이가 이리 극찬을 하는지 말이야."

"알겠습니다."

팽진극의 지시에 총관이 고개를 꾸벅 숙인 후 집무실을 나섰다.

그러나 팽진극은 총관을 보는 것 대신 다시 한번 백상건이 보낸 서신을 찬찬히 읽었다.

"아무리 천재라고 해도 말이 안 되는데 말이지. 근데 역시 내 딸내미라 그런지 보는 눈이 있구먼, 허허허!"

호기심도 잠시 결국은 딸의 칭찬으로 끝을 맺으며 팽진극이 헤벌쭉 웃었다.

팽나연을 떠올리는 것만으로도 기분이 좋아졌던 것이다.

동시에 막내딸이 너무나 보고 싶었다.

점심 식사를 마치고 나름 한가로운 오후를 만끽하고 있을 때 석진호는 호출을 받았다.

다름 아닌 석가장주의 부름을 받았던 것이다.

그것도 정중히 모시러 왔다는 하인의 말에 석진호는 묵묵히 안내를 받으며 석가장주의 응접실로 향했다.

"사공자를 데려왔습니다."

"들여보내라."

"예."

하인이 열어 주는 문을 석진호는 당연하다는 얼굴로 들어 갔다. 그리고 그 모습을 석명일은 유심히 쳐다봤다.

확실히 그의 기억에 남아 있는 석진호와는 전혀 다른 느낌 과 모습이었다.

첫째나 둘째도 자신을 마주하면 자연스레 긴장하는데 석 진호에게는 그런 게 전혀 없었다.

'더 이상 기대할 것도, 잃을 것도 없다는 건가? 아니, 그런 느낌은 아닌데.'

석명일이 미간을 좁혔다.

그러다가 석진호와 눈을 마주하고는 깨달았다.

넷째 아들이 아예 관심이 없다는 사실을 말이다.

'애비도 아니라는 거냐.'

눈은 마음의 창이라는 말처럼 사람의 눈을 보면 어느 정도 성향과 생각을 짐작해 낼 수 있다. 특히나 그처럼 수없이 많 은 사람들을 만나 온 이들은 더더욱.

그렇기에 석명일은 알 수 있었다.

석진호가 자신에게 일절 관심이 없다는 사실을 말이다.

"그간 강녕하셨습니까."

武人還生
무인환생

"말에 뼈가 있는 듯하구나."

"있는 그대로의 뜻입니다. 오랜만입니다라고 하는 건 좀 이상할 것 같아서요."

"그것도 그렇구나."

어느 쪽이든 부자지간에 어울리는 인사는 아니었다.

때문에 석명일은 인정한다는 듯이 고개를 끄덕이며 자리를 권했다.

똑똑.

석진호가 앉기 무섭게 문을 두드리는 소리와 함께 시비가 다과상을 가져왔다.

그런데 다과의 종류가 상상을 초월했다.

거의 한 상이라고 해도 될 정도로. 두 사람이 먹을 양이라고는 보기 힘들 정도로 많은 양에 석진호가 살짝 놀란 표정을 지었다.

"굳이 다 먹을 필요는 없다."

"다 먹으라고 해도 못 먹을 것 같습니다만."

"네가 어떻게 결정하느냐에 따라 앞으로는 늘 이런 대접을 받을 수도 있다."

졸졸졸.

향긋한 향과 함께 석명일이 차를 따라 주었다.

그러나 석진호는 대답하지 않았다.

지금 한 말의 의미를 모르지 않아서였다.

하지만 석명일도 재촉하지는 않았다.

후르릅.

대신 느긋하게 차를 한 모금 들이켜며 석진호의 모습을 살폈다.

정중하되 긴장은 하지 않는 모습.

분명 이곳에 처음 왔을 텐데도 석진호는 너무나 편한 모습으로 앉아 있었다.

'아버지께서 마음에 들어 할 법해.'

무릇 모든 일이 마찬가지겠지만 사람의 역량은 굉장히 중요했다. 그게 의사 결정권이 있는 수장이라면 더더욱 말이다.

그런 의미에서 석진호는 특별한 덕목을 가지고 있었다.

바로 배짱이라는 덕목을.

'상재는 없을지도 모르지만 배짱은 어느 분야든 꼭 필요한 능력이지. 근데 그걸 후천적으로 얻었단 말이야.'

믿을 수 없는 일이었지만 계기를 생각한다면 이해 못 할 것도 없었다. 죽음을 겪지 못한 자는 죽음에 대해서 알지 못하는 법이니까.

그리고 사람은 계기에 따라서 얼마든지 변할 수 있었다.

'거기에 인내심까지 갖고 있고.'

느긋하게 차를 들이켜는 석진호의 모습에 석명일이 쓴웃음을 지었다.

어째서 석진호가 여유로운지 그는 너무나 잘 알아서였다.

결국 석명일이 먼저 입을 열었다.

"네 마음이 바깥으로 많이 기울어 있다는 사실을 알고 있다. 많이 서운했을 거라는 것도."

"다들 그렇게 생각하는데, 아닙니다. 서운한 감정은 조금도 없습니다."

"……아예 관심이 없다는 것이냐."

석명일의 얼굴이 굳어졌다.

이번 대답으로 자신의 짐작이 맞았음을 알 수 있어서였다.

"예."

"그래도 이곳은 네가 태어난 곳이다. 네 어미가 마지막으로 눈을 감은 장소이기도 하고."

"딱 그뿐입니다."

"만약 내가 남아 달라고 하면 어떡하겠느냐?"

석명일은 단도직입적으로 말했다.

하지만 강압적인 자세는 아니었다.

지금의 석진호는 명령하듯 말하면 오히려 튕겨 나갈 성격이었다.

게다가 매달려야 하는 쪽은 그였다.

"죄송합니다."

"고민도 하지 않는 것이냐."

"이미 결정을 내렸습니다."

"애비가 부탁하는데도 안 되는 것이냐?"

석진호가 실소를 흘렸다.

마치 생소한 말을 들었다는 듯이 말이다.

"어색하군요. 지금까지 단 한 번도 그런 표현을 쓰신 적이 없으신데."

"본장에는 네가 필요하다. 우리에게 가장 부족한 것이 무엇인지 너 역시 알고 있지 않으냐."

"석가장에 필요한 것이지 제게 필요한 것은 아니니까요."

"원하는 것이 무엇이냐? 내가 무엇을 해 주면 남겠느냐."

석명일이 석진호를 뚫어져라 쳐다봤다.

부자지간의 정으로는 통하지 않는다면 남은 방법은 하나였다.

또한 그가 가장 자신 있는 분야이기도 했고.

"없습니다."

"……없다고?"

다만 석명일이 한 가지 간과한 게 있다면 모두가 그와 같지 않다는 것이었다.

때문에 석명일의 표정에 금이 갔다.

"예."

"하나도?"

"예."

"야망이 없다는 말이냐?"

석명일이 이해할 수 없다는 표정을 지었다.

무인환생

아무리 달라졌어도 석진호 역시 사람이었다.

또한 서출의 한계를 너무나 잘 알았기에 그는 내심 석진호가 바라는 게 있을 거라고 생각했다.

사람인 이상, 남자로 태어났다면 야망이 없을 리 없으니까 말이다.

그런데 석진호는 예상과 전혀 다른 대답을 내놓았다.

"있지만 석가장에서는 이룰 수 없습니다."

"여기에서도 이룰 수 있다."

"정확하게 말씀드리겠습니다. 여기 남아 있기 싫습니다."

지금까지와는 달리 석진호가 석명일의 두 눈을 똑바로 쳐다봤다.

떠보려는 게 아닌, 무언가를 더 얻어 내려는 눈빛이 아닌 단호한 눈빛에 석명일의 동공이 흔들렸다.

무슨 말을 하디라도 결심을 돌릴 수 없다는 걸 알 수 있어서였다.

"남아 있어 달라고 해도, 떠나겠구나."

"명령을 해도 떠날 겁니다. 지금 당장 떠나지 않는 건 가규 때문입니다."

적서를 막론하고 열여덟 번째 생일이 지날 때까지는 석가장에 있어야 한다는 가규의 의미는 명백했다.

자식을 낳았으면 최소한 책임을 지라는 뜻이었다.

가정조차 책임지지 못한 이가 상단을 잘 이끌 수 있을 리

만무하다는 게 초대 장주의 신조였는데 그게 고스란히 가규가 된 것이었다.

"허어."

단호하기 짝이 없는 석진호의 대답에 석명일이 눈을 감았다.

지금은 무슨 말을 해도 소용이 없을 것 같아서였다.

그렇다고 강제로 뭘 어떻게 할 수도 없는 게, 석진호에게는 하북팽가가 있었다.

또한 스스로의 무위 역시 보통이 아니었고.

'석풍표국도 있지.'

석진호가 고를 수 있는 선택지는 다양했다.

그래서 석명일은 머리가 복잡했다.

잡아 두고 싶은데 잡아 둘 방법이 떠오르지가 않아서였다.

"바쁘실 텐데 이만 물러가 보겠습니다."

그러는 사이 석진호가 일어났다.

말이 없자 더 이상 할 말이 없는 줄 알고 일어난 것이다.

이윽고 석진호는 뒤도 돌아보지 않고 응접실을 나갔다.

武人還生
무인환생

제14장 예전과는 달라

"룰루루!"

지게에 한가득 짐을 싣고서 정마룡이 길을 가로질렀다.

그런데 무거워 보이는 짐을 짊어졌음에도 정마룡의 발걸음은 가벼웠다.

단섬보를 죽어라 수련하다 보니 자연스레 체력과 근력이 늘어 이 정도는 가뿐했던 것이다.

게다가 삼재기공이 아닌 제대로 된 내공심법을 수련하고 있었기에 느리지만 착실하게 내공 역시 쌓고 있었다.

"야."

"어? 노 형, 아니 노 무사님."

콧노래를 부르며 석진호의 처소로 향하던 정마룡이 익숙

한 음성에 발걸음을 멈췄다.

그러고는 목소리가 들려온 쪽을 향해 고개를 돌렸다.

"형?"

"죄송합니다. 헤헤! 아직 노 무사님이라는 말이 입에 안 붙어서요."

"요즘 살판났다는 소문이 돌던데."

검을 패용한 청년이 정마룡에게 다가왔다.

그런데 말투가 이상했다.

비아냥거리듯이 정마룡을 쏘아보며 말했던 것이다.

"살판까지는 아니고, 행복한 시간을 보내고 있습니다. 고통스럽기는 하지만요."

"사공자의 눈에 들었다고."

"운이 좋았습니다."

"진짜 운이 좋지. 재능이라고는 눈곱만큼도 없는데 거둬 주었으니."

"그래서 더욱 열심히 노력할 생각입니다."

정마룡이 해맑게 웃었다.

원래 비꼬듯이 말한다는 걸 잘 알아서였다.

"노력한다고 되겠어? 노력도 어느 정도 재능이 있는 녀석들에게나 효과가 있는 거지, 재능 없는 놈들에게는 효과가 없어. 암만 노력해 봤자 달라지는 게 없다고."

"그래도 해 볼 수 있는 건 다 해 봐야 하지 않을까요? 하

무인환생

하!"

"말귀를 못 알아듣네. 그런다고 안 달라진다고, 네 미래는. 무공을 익힌다고 다 무인이 되는 게 아냐. 너 같은 놈들이 무공이라니. 말이나 돼?"

얼굴 가득 아니꼬운 표정으로 노추삼이 정마륭의 이마를 손가락으로 툭툭 밀었다.

보잘것없는 녀석이 무공을 배우는 게, 그것도 무명(武名)을 알리기 시작한 석진호의 눈에 들었다는 게 노추삼은 마음에 들지 않았다.

자신이라면 모를까 정마륭이 석진호의 선택을 받았다는 걸 그는 인정할 수 없었다.

심지어 석진호는 하북팽가와도 연이 있었기에 더더욱 부러웠다.

"……말씀이 조금 지나치신 거 같습니다."

"지나쳐? 하! 이게 사공자의 눈에 들었다고 말대꾸하는 것 봐라. 무공을 배우니까 네가 뭐라도 된 거 같아? 네놈은 아직도 하인이야. 네 신분은 하인이라고. 난 석가장의 호가 무사고."

툭툭.

노추삼이 기가 차다는 얼굴로 정마륭의 볼을 툭툭 건드렸다.

그리고 그럴수록 정마륭의 얼굴에서 웃음기가 사라졌다.

아무리 성격 좋은 그였지만 이렇게 대놓고 막 대하는 행동에도 웃을 수는 없었다.

"왜? 열 받냐? 표정을 보니 한 대 치겠는데?"

"……왜 이러시는 겁니까?"

"왜 이러기는. 조언해 주는 거다; 조언. 괜히 허송세월 보내지 말고 네 주제를 알라고. 꿈은 꿈일 뿐이야. 조건이 충족되지 않는 꿈은 괴로움일 뿐이고. 너도 잘 알 텐데 왜 헛된 꿈을 꾸는 거야? 그냥 네 주제에 맞는 꿈을 꾸라고. 헛짓거리 하지 말고."

"싫습니다."

"허!"

당돌하게 대답하는 정마룡의 모습에 노추삼이 헛웃음을 흘렸다.

무공을 익힌다고 제법 배짱을 부리는 모습에 그는 어처구니가 없었다.

하지만 어이가 없는 건 정마룡도 마찬가지였다.

"조언 감사히 들었습니다. 그럼 저는 바빠서 이만."

더 이상의 대화는 무의미하다고 생각한 정마룡이 몸을 돌렸다.

여기에 더 있어 봤자 좋은 꼴을 보지 못할 게 분명해서였다.

그런데 그 모습이 노추삼에게는 더없이 건방져 보였다.

武人還生
무인환생

"이 새끼가!"

가뜩이나 언짢았던 기분에 기름을 들이붓는 정마룡의 행동에 노추삼의 눈이 돌아갔다.

하찮은 녀석이 자신을 무시하는 듯한 행동을 보이자 뚜껑이 열렸던 것이다.

휘익!

그러나 매서운 기세로 뒷목을 낚아채 가던 노추삼의 오른손은 빈 허공을 갈랐다.

놀랍게도 뒤에서 날아오는 손을 정마룡이 피해 냈던 것이다.

"지금 무슨 짓을……."

"피해? 네까짓 놈이 감히?"

노추삼의 얼굴이 시뻘겋게 달아올랐다.

자신의 손을 피해 냈다는 사실에 극도로 흥분한 것이었다.

하지만 당혹스러운 건 정마룡도 마찬가지였다.

설마하니 이렇게 손을 쓸 줄은 몰라서였다.

휙! 휘이익!

그러나 놀란 것과 달리 정마룡의 움직임은 기민했다.

지게를 메고 있었음에도 불구하고 노추삼의 공격을 정확히 보며 피해 냈던 것이다.

'헐! 다 보여!'

정마룡의 두 눈이 휘둥그레졌다.

아무리 노추삼이 삼류 무사라지만 그래도 제대로 된 무공을 익힌 무인이었다.

실전 경험 역시 적지 않았고 말이다.

한데 그런 노추삼의 움직임이 그의 눈에 훤히 보였다.

'공자님께 하도 맞아서 그런가?'

보고도 피할 수 없던 석진호의 움직임에 비하면 노추삼의 공격은 어린애 장난처럼 느껴졌다.

나름 살벌한 기세를 뿌리기는 하지만 석진호의 존재감과 비교하면 아무것도 아니었다.

차라리 구박과 함께 찔러 오는 손가락이 훨씬 더 위협적이었다.

'해볼까?'

정마룡이 눈을 빛냈다.

흥분한 노추삼의 몸 곳곳에 빈틈이 보이자 욕심이 생겼던 것이다.

애병인 도는 없지만 대신 손에는 지팡이가 있었다.

게다가 언제까지 피하고만 있을 수는 없기에 정마룡은 이내 결단을 내렸다.

쌔애액!

매섭게 파고드는 노추삼의 주먹을 피하며 정마룡이 지팡이를 휘둘렀다.

정확히 주먹을 내지르는 순간을 이용해 훤히 드러난 가슴

무인환생

을 노렸던 것이다.

"컥!"

사선으로 휘두른 지팡이는 정확히 노추삼의 겨드랑이를 때렸다.

목적한 곳을 정확히 강타했던 것이다.

그러자 노추삼이 신음과 함께 비틀거리며 뒤로 물러났다.

스슥!

하지만 정마룡은 멈추지 않았다.

손을 쓴 이상 확실하게 끝을 맺으라는 석진호의 지시를 떠올리며 마무리를 짓기 위해 움직인 것이다.

따악!

순식간에 간격을 좁힌 정마룡은 지팡이로 노추삼의 이마를 때렸다.

기절시킬 요량으로 적당히 힘을 빼고서 가격했던 것이다.

"괘, 괜찮나?"

정마룡이 눈을 끔뻑였다.

누군가를 힘으로 기절시켜 본 적이 없기에 노추삼이 정신을 잃고 쓰러지자 괜히 걱정이 되었던 것이다.

그래서 그는 황급히 다가가 콧구멍 앞에 손가락을 댔다.

"휴우! 다행히 숨은 쉬네."

벌겋게 부은 이마를 한차례 만져 보며 정마룡이 안도의 한숨을 내쉬었다.

다행히 힘 조절이 잘된 것 같아서였다.

그런데 그때 사방에서 시선들이 느껴졌다.

집중이 깨지자 이제야 주변이 보이기 시작한 것이었다.

"어흠! 흠!"

싸움이 그리 길지 않았음에도 불구하고 상당히 많은 이들이 모여 있는 모습에 정마룡은 도망치듯 자리에서 벗어났다.

부끄럽기도 하고, 노추삼이 정신을 차리면 다시 달려들 게 분명하기에 먼저 피한 것이었다.

주변에 사람들이 많으니 노추삼도 챙겨 줄 테고 말이다.

"푸흐흐흐!"

이동하던 정마룡이 갑자기 푼수처럼 웃었다.

난생처음으로 승리를 하자 웃음이 절로 흘러나왔던 것이다.

동시에 석진호에 대한 충성심이 무럭무럭 자라났다.

"견마지로를 다하겠습니다, 공자님!"

보이지도 않는 석진호를 향해 소리치며 정마룡이 더욱 힘차게 땅을 박찼다.

담판을 짓고 석진호가 돌아오기 무섭게 소하정이 모습을 드러냈다.

흑휘와 놀고 있었는지 품에 흑휘를 안고서 한달음에 달려 왔던 것이다.

"다녀오셨어요?"

"나 기다리고 있었구만?"

"걱정이 되어서요."

"잘못한 것도 없는데 왜 걱정을 해."

얼굴 가득 근심이 서려 있는 소하정의 모습에 석진호가 부드럽게 웃어 보였다.

하지만 그의 미소에도 불구하고 소하정의 표정은 풀어지지 않았다.

"다른 사람도 아니고 장주님이 부르셨잖아요."

"그냥 대화 좀 나눈 게 다야."

"무슨 대화요?"

"남아 있어 달라고 하더라고."

소하정의 두 눈이 커졌다.

내심 그랬으면 하고 바랐지만 그녀는 그럴 가능성이 그리 크지 않다고 생각했다.

근래 석진호의 가치가 높아졌다고 하지만 그녀에게 있어 석가장주는 하늘이었다.

그렇기 때문에 석가장주가 직접 석진호를 잡을 가능성은 희박하다고 생각했었는데 직접 남아 달라는 말을 했다고 하자 그녀는 놀란 표정을 지었다.

"저, 정말요?"

"응. 내가 요즘 좀 잘나가잖아?"

"그, 그래서 어떻게 대답하셨어요?"

"싫다고 했어. 굳이 이곳에 있어야 할 이유가 없으니까. 그래서 말인데, 유모는 어떤 곳에서 살고 싶어?"

석진호가 때마침 잘됐다는 듯이 물었다.

은연중에 떠날 것을 드러냈기에 소하정 역시 나름 생각한 것이 있을 게 분명했다.

석진호는 그걸 듣고 싶었다.

"어……."

"유모도 생각한 게 있을 거 아냐."

"저는 어디든 상관없어요. 도련님만 계시다면."

"그럼 내가 정한다?"

"예."

소하정이 빙긋 웃었다.

어디든 그녀는 상관이 없었다.

그저 석진호와 함께라면 어디든 좋았다.

"알았어. 그럼 내가 적당한 곳을 찾아 놓을게. 공기 좋고 평화로운 곳으로. 텃밭도 있는 게 좋겠지?"

"네!"

텃밭이라는 말에 소하정이 눈을 빛냈다.

이곳에서는 여건이 되지 않아 못 길렀지만 그녀는 텃밭이

武人還生
무인환생

나 정원을 가꾸는 걸 좋아했다.

"내가 유모의 취향은 확실하게 알고 있지."

"근데 저는 점점 도련님에 대해서 아는 게 줄어드는 것 같아요."

"유모만의 생각이야."

석진호가 손가락을 저었다.

여전히 그에 대해서 가장 잘 아는 이는 소하정이었다.

석가장주나 형제들보다도 더 말이다.

"공자님! 공자니임!"

오랜만에 오붓하게 대화 좀 나눠 보려는데 멀리서 정마륭의 목소리가 들려왔다.

쥐똥만큼이기는 하지만 그래도 내력을 쌓았다고 우렁차게 소리치는 정마륭의 음성에 석진호는 고개를 절레절레 저었다.

목소리만 들어도 머리가 아파 왔던 것이다.

"저는 마륭이가 들어와서 참 좋아요. 조용한 것도 좋지만 그래도 사람이 사는데 조금은 시끌벅적한 맛도 있어야죠."

"말이 너무 많아."

"그게 마륭이의 매력인 걸요."

"조금만 줄이면 참 좋을 것 같은데. 중년은 되어야 좀 점잖아지려나."

고개를 젓는 석진호의 모습에 소하정이 웃었다.

이런 모습조차도 그녀에게는 귀여워 보여서였다.

그리고 사람 사는 냄새도 났고 말이다.

냐아앙!

못마땅해하는 석진호의 기색을 읽은 듯 얌전히 소하정의 품에 안겨 있던 흑휘가 몸을 날렸다.

주인을 불편하게 만든 정마룡을 응징하기 위해 직접 몸을 날린 것이었다.

"뭐, 뭐야? 왜 그래, 갑자기!"

퍼퍼퍼펑!

월동문 근처에서 흑휘의 덮침을 받은 정마룡이 비명을 질렀다.

동시에 무언가를 두드리는 소리도 들렸다.

익숙한 흑휘의 싸대기였다.

"호호호!"

잠시 후 월동문을 지나 안으로 들어오는 정마룡을 본 소하정이 손으로 입을 가리고 웃었다.

정마룡의 양 볼에 흑휘의 발자국이 선명하게 남아 있어서였다.

"……저는 언제쯤이면 흑휘의 공격을 피할 수 있을까요?"

"일단 초일류 정도는 되어야 가능성이 있지."

"허허허."

정마룡이 허탈한 표정을 지었다.

무인환생

일류만 해도 꿈만 같은 경지인데 그보다 한 단계는 더 높아야 한다고 하자 앞이 캄캄했던 것이다.

동시에 하늘을 찔렀던 자신감이 순식간에 나락으로 떨어졌다.

"근데 왜 그리 신났던 거야?"

"아, 그게요."

정마룡이 아까 있었던 일을 설명했다.

그런데 그의 말을 듣던 석진호의 표정이 심상치 않게 변했다.

고작 말단 호가 무사 따위가 정마룡을 업신여겼다는 게 그의 심기를 건드렸던 것이다.

"어머, 진짜?"

"예. 근데 제가 이겼어요. 심지어 저는 지게까지 짊어지고 있었는데 말이에요! 이게 다 공자님 넉분이에요! 제가 삼류 무사를 제압하다니!"

언제 풀이 죽었냐는 듯이 다시 기세가 살아난 정마룡이 엉덩이를 들썩이며 설명했다.

특유의 재치 있는 말재주로 당시의 상황을 재미있게 설명했던 것이다.

그러자 소하정이 웃으며 맞장구를 쳐 주었다.

"역시 도련님이셔."

"그렇죠? 헤헤!"

정마룡이 진심으로 행복한 표정을 지었다.

성과를 직접 겪게 되자 그동안의 노력이 무의미하지 않았음을 확인할 수 있어서였다.

동시에 석진호를 향한 존경심이 더욱 커졌다.

똑똑똑.

"저예요, 석 공자님."

"들어오세요."

품에 안겨서 골골거리는 흑휘를 쓰다듬던 석진호가 고개를 들었다.

이윽고 방문이 열리며 팽나연이 조신스러운 걸음걸이로 방 안에 들어왔다.

그런데 평소와 달리 그녀는 무언가를 한가득 안고 들어왔다.

누가 봐도 선물처럼 보이는 물건에 석진호가 두 눈을 동그랗게 떴다.

"제가 직접 고른 것들인데 석 공자님의 마음에 들었으면 좋겠어요. 참고로 가격은 비싼 게 아니니까 부담 안 가지셨으면 좋겠어요."

놀란 석진호와 달리 팽나연은 얼굴을 붉히며 품에 들고 왔

武人還生
무인환생

던 선물을 조심스럽게 내밀었다.

그러면서 석진호를 힐끔거렸다.

잔뜩 기대하는 얼굴로 말이다.

"갑자기 무슨 선물입니까?"

"신분패를 썩 마음에 들어 하시지 않는 것 같아서요. 그리고 지금까지 계속 받기만 한 것 같기도 해서 약소하나마 준비했어요."

"안 그러셔도 되는데."

"진짜 별거 아니에요. 한번 확인해 보세요."

거듭된 권유에 석진호가 어쩔 수 없다는 듯이 포장되어 있는 비단 상자에 손을 뻗었다.

이렇게까지 말하는데 안 열어 볼 수는 없어서였다.

"무복이군요."

"예. 따로 무복이 없으신 서 같아서요. 안에 장포도 있어요."

"약소한 건 아닌 거 같습니다만."

석진호가 실소를 흘렸다.

딱 봐도 저렴한 가격대의 옷이 아님을 알 수 있어서였다.

"지금까지 석 공자님께 받은 것에 비하면 아무것도 아니에요. 신분패도 받기만 하고 지금껏 사용하지 않으셨잖아요."

"그건 딱히 쓸 일이 없어서."

대답을 하던 석진호가 문득 자신의 소매를 봤다.

어째서 팽나연이 옷을 사 왔는지 알 수 있어서였다.

관리가 잘되어 있지만 낡은 티가 나는 옷의 모습에 석진호는 자연스레 소하정과 탁윤이 입고 있는 옷들도 떠올렸다.

둘 다 몇 년째 같은 옷을 입고 있었고, 탁윤의 경우 그나마 가지고 있는 옷들도 소매나 다리가 짧은 상태였다.

'이쪽에 내가 너무 무관심했군.'

석진호가 내심 씁쓸히 중얼거렸다.

자신이 너무 무관심했다는 사실을 뒤늦게 깨달아서였다.

"저어, 마음에 안 드시나요?"

"아닙니다. 감사히 입겠습니다. 안 그래도 무복을 구할까 생각 중이기는 했으니까요."

"정말요?"

아무런 말이 없는 석진호의 모습에 안절부절못하던 팽나연이 환하게 웃었다.

딱 필요한 순간에 자신이 선물을 했다고 하자 보람을 느낀 것이었다.

"다른 것도 열어 보세요."

"이건?"

"도를 드릴까 했는데 삼촌께서 검을 주로 사용했을 것 같다고 해서 검으로 준비했어요. 공자님의 체형에 맞춰서 특별 제작한 검이니 사용하기에 편하실 거예요."

"호오."

武人還生
무인환생

검이라는 말에 석진호가 눈을 빛냈다.

확실히 신분패라는 부담스러운 선물보다는 차라리 이쪽이 더 그의 마음을 움직였다.

물론 그에게 있어 병기는 더 이상 필요하지 않지만, 그래도 없는 것보다는 나았다.

슬슬 다른 무공을 몸에 각인시킬 때도 되었고 말이다.

스르릉.

고급스러운 비단 포장과 달리 검은 수수했다.

실용성을 극대화한 것처럼 화려함과는 거리가 먼 모습이었지만 석진호는 오히려 이런 검이 더 좋았다.

천하십대명검 수준의 검이라면 모를까 그 외의 병기는 그에게 있어 거기서 거기였다.

따앙.

거침없이 검을 뽑아 든 석진호는 곧바로 손가락을 튀겼다.

그러자 청아한 소리가 방 안에 울려 퍼졌다.

"어떠신가요?"

"잘 만든 검이네요. 균형도 훌륭하고."

"본가 제일의 장인이 직접 만들었어요."

"이런 검을 제가 받아도 되나 싶습니다. 옷까지 받았는데."

"오직 공자님만을 위한 검이에요. 그러니 부디 거절은 말아 주세요."

팽나연이 조신하게 고개를 숙였다.

오히려 이것도 부족하다는 듯이 말이다.

"감사히 잘 사용하겠습니다."

"저야말로 받아 주셔서 고마워요, 공자님."

진심으로 고마워하는 석진호의 모습에 팽나연의 얼굴에 미소가 가득 맺혔다.

자신이 준 선물을 좋아하니 그녀 역시도 기분이 좋았던 것이다.

이제야 제대로 된 선물을 주는 것 같은 느낌도 들었고 말이다.

"말이 좀 이상한 거 같습니다. 받아 줘서 고맙다니요."

"제 마음이 정말 그런걸요. 사실 도를 드려야 하나 검을 드려야 하나 고민이 많았거든요. 흑오채에서도 손만 쓰셔서 익힌 무공이 권장각 계열인가 싶기도 했고요."

"검도 잘 씁니다. 도보다도요."

"정말 다행이에요."

팽나연이 곱게 웃으며 고개를 주억거렸다.

백상건의 조언을 받아들여 검을 선택한 게 정말 잘한 선택이었다고 생각하면서 말이다.

그러다가 오늘 받은 부친의 서신을 떠올렸다.

"저기, 공자님."

"편하게 말씀하세요."

"혹시 본가의 초대를 받으시면 갈 의향이 있으세요?"

武人還生
무인환생

석진호의 눈치를 살피며 팽나연이 조심스럽게 물었다.

부친은 무조건 데려오라고 했지만 그녀의 생각은 달랐다.

은인을 그렇게 대해서는 안 된다고 생각해서였다.

게다가 석진호를 데려가면 부친이 무슨 짓을 할지 뻔했기에 팽나연은 속으로 고개를 저었다.

'아직은 아냐. 급한 문제도 아니고.'

팽진극이 얼마나 팔불출인지 이 세상에서 그녀가 가장 잘 알았다.

그렇기에 팽나연은 더더욱 석진호를 데려갈 수 없었다.

"하북팽가에 말입니까?"

"네."

"초대받을 일이 없을 것 같습니다만. 받는다고 해도 당분간은 자리를 비우기가 좀 힘들 것 같고요. 며칠 동안은 좀 바쁠 것 같아서요."

"역시 그러시죠?"

팽나연이 안도하는 표정으로 대답했다.

예상했던 대로 큰 관심이 없는 것 같아서였다.

"그보다 팽 소저야말로 돌아가셔야 하는 거 아닙니까? 여기에 오신 지 꽤 된 것 같은데."

"괜찮아요. 노는 것도 아니고 실력도 빠르게 늘고 있으니까요."

"그렇다면 다행이네요."

손사래를 치는 팽나연의 모습에 석진호는 더 이상 캐묻지
않았다.

본인이 괜찮다는데 더 묻는 것도 예의가 아니어서였다.

떠날 때가 되면 알아서 떠날 터였다.

'곧 쓸 일이 생길지도 모르겠군.'

명검의 반열에 든 검은 아니지만 초보자가 쓰기에는 과할
정도로 질이 좋은 검을 무릎에 내려놓으며 석진호가 중얼거
렸다.

그런데 생소한 검이 신기한지 가랑이 사이에 몸을 웅크리
고 있던 흑휘가 앞발로 툭툭 건드렸다.

팽나연이 처소로 돌아가자 석진호는 탁윤과 정마룡을 불
렀다.

쇠뿔도 단김에 빼랬다고 바로 움직이려는 것이었다.

"어디를 가시려고요?"

"가 보면 안다."

"근데 검은 어디서 나신 거예요?"

묵묵히 따라오는 탁윤과 달리 정마룡은 입을 멈추지 않았
다.

궁금증이 가득한 눈으로 석진호의 허리춤에 달려 있는 장
검을 연신 쳐다봤다.

"선물받았다."

무인환생

"팽 소저에게서요? 우와!"

정마룡이 진심으로 부러운 표정을 지었다.

수수해 보이는 검이었지만 자고로 병장기는 어디서 만들어졌는지가 중요했다.

그런 점에서 하북팽가산 장검이라면 명품이라 부르기에 부족함이 없었다.

"일류지경을 밟으면 네 것도 한 자루 구해다 주마."

"정말요?"

"응. 일류의 경지에 오르면."

꿀꺽!

정마룡이 마른침을 삼켰다.

일류라는 경지가 쉽사리 오를 수 없는 경지라지만 이상하게 불가능할 것 같지는 않았다.

어제였다면 막연히 상상만 하는 꿈의 경지라고 생각했겠지만 지금은 아니었다.

비록 삼류 무사라고 하지만 정식으로 무공을 익힌 이를 반년도 안 되어 제압했다.

그것도 재능이 밑바닥이라는 말을 들은 자신이 말이다.

'일류지경의 꽃은 검기상인(劍氣傷人)이지! 아, 나는 도법을 익혔으니까 도기상인(刀氣傷人)인가.'

정마룡이 몽롱한 표정을 지었다.

도기가 서려 있는 도를 멋들어지게 들고 서 있는 자신의 모습을 상상했던 것이다.

하지만 그의 상상은 얼마 가지 못했다.

"망상 그만하고 정신 차려."

"옙! 어? 근데 여기는⋯⋯."

정신 줄 놓고 석진호를 따라가던 정마륭의 동공이 크게 확대되었다.

생각지도 못한 장소에 크게 놀란 것이었다.

"일 처리는 확실하게 해야지. 어중간하게 끝맺으면 뒤탈이 생기기 마련이다. 그리고 앞으로 너희가 살아갈 세상을 알 필요도 있고."

"하, 하지만⋯⋯."

단호한 석진호와 달리 정마륭은 말을 더듬었다.

왜냐하면 지금 그들이 온 곳은 호가 무사들이 머무는 숙소였기 때문이다.

더욱이 석진호가 어째서 이곳에 왔는지 모를 수 없기에 정마륭의 두 눈은 불안하게 흔들렸다.

"왜? 겁나느냐?"

"아뇨. 그게 아니라 놀라서요. 이렇게 직접 나서실 줄은 몰라서요."

"나를 얼마나 만만하게 생각했으면 널 능멸했겠느냐."

"그건, 그렇죠."

정마륭이 석진호의 휘하에 들어갔다는 걸 모르는 이는 없

무인환생

었다.

더욱이 석진호가 과거와 달라졌다는 것도, 흑오채를 홀로 반파시켰다는 것도 전부 다 알려져 있었다.

한데 그럼에도 정마룡을 공격했다는 건 석진호는 안중에도 없다는 걸 뜻했다.

"그러니 이건 내 자존심 문제다. 또한 무림이라는 세계에서는 비일비재하게 일어난 일이기도 하고."

저벅저벅.

말을 마친 석진호는 거침없이 호가 무사들에게 배정된 전각으로 걸음을 옮겼다.

그러자 교대하러 나오던 호가 무사들이 의아한 얼굴로 세 사람을 쳐다봤다.

"이곳에는 무슨 일로 찾아오셨습니까?"

"노추삼을 불러라."

"예?"

"노추삼 데려오라고."

심상치 않은 석진호의 기세에, 편한 복장으로 건들거리며 나오던 호가 무사 두 명이 어리둥절한 표정을 지었다.

뜬금없이 노추삼을 데려오라고 하자 의아했던 것이다.

"모르나?"

"아, 예!"

낮은 석진호의 목소리에 두 명이 퍼뜩 정신을 차렸다.

그러고는 황급히 나왔던 목조건물 안으로 뛰어갔다.

아무 이유 없이 사공자가 노추삼을 찾을 리는 없다고 생각해서였다.

"너 이 새끼!"

근데 두 사람은 굳이 찾을 필요가 없었다.

창문으로 정마룡을 본 것인지 얼굴을 악귀처럼 일그러뜨린 노추삼이 전력 질주로 달려 나왔던 것이다.

그런데 살벌한 기세로 달려들던 노추삼이 순간 멈칫거렸다.

정마룡의 옆에 서 있는 석진호를 뒤늦게 발견하고는 놀란 것이었다.

"뭐? 너 이 새끼?"

"그게, 그러니까요."

노추삼이 움찔거렸다.

눈이 마주친 것뿐인데도 모골이 송연해지는 느낌에 그는 자기도 모르게 말을 더듬었다.

그리고 그건 주변에 있던 호가 무사들도 마찬가지였다.

어느새 흘러나온 석진호의 기세에 다들 압도당한 것이었다.

"야."

"예, 예! 공자님."

"내가 만만하냐?"

"아뇨!"

노추삼이 황급히 대답했다.

변하기 전의 석진호라면 모를까 지금의 석진호는 감히 그가 쳐다볼 수도 없는 고수였다.

그렇기에 노추삼은 기합이 단단히 들어간 모습으로 대답했다.

"아니라는 녀석이 마룡이를 공격해? 그것도 뒤에서?"

"그건⋯⋯."

고개를 슬쩍 숙인 노추삼이 눈알을 굴렸다.

어떻게든 이 상황을 모면하기 위해 머리를 굴렸다.

하지만 마땅한 변명이 떠오르지가 않았다.

그때 당시의 상황을 본 사람도 많았기에 노추삼은 입술을 깨물었다.

"왜? 적낭한 변명이 안 떠올라?"

"그게 아니라⋯⋯."

"근데 말이야, 변명을 해도 달라지는 건 없어. 넌 마룡이에게 손을 댔고, 난 그걸 그냥 넘어갈 생각이 없거든."

노추삼의 두 눈이 튀어나올 것처럼 커졌다.

복부를 강타하는 고통에 두 눈은 물론이고 칠공 전부가 벌어졌다.

하지만 이건 시작에 불과했다.

어떻게 하면 극심한 고통을 줄 수 있는지 알려 주겠다는 듯이 석진호가 그를 잘근잘근 짓밟았던 것이다.

"끄으으으!"

비명조차 제대로 지를 수 없을 정도의 고통에 노추삼의 입에서 게거품이 생겼다.

태어나서 처음 겪어 보는 지독한 폭력에 제정신을 차리지 못했던 것이다.

"공자님!"

"잠깐만요! 우선 흥분을 가라앉히시고……!"

"참으라고? 나를 무시하고 내 사람을 멸시한 이놈을?"

흠칫!

석진호를 말리기 위해 다가가던 호가 무사들이 몸을 떨었다.

뱀 앞의 개구리처럼, 눈동자가 마주친 순간 몸이 굳어졌던 것이다.

게다가 석진호는 명분도 가지고 있었다.

"아니면 같은 호가 무사라고 편드는 건가? 아, 하긴 너희는 단순히 계약관계지? 그러니 하인 따위는, 보잘것없는 서출 따위인 나는 안중에도 없는 거야. 어차피 시간 채우고 떠나면 그만이니까."

"그런 뜻이 아니오라……."

호가 무사가 당혹스러운 표정을 지었다.

본능적으로 말실수를 하면 안 된다는 걸 깨닫고 말을 아꼈

武人還生
무인환생

다.

쾌득!

그러는 사이에도 석진호는 손을 멈추지 않았다.

기절하지 않도록 기술적으로 노추삼을 두들겼다.

"즈, 제발……!"

입술이 퉁퉁 분 노추삼이 겨우겨우 한마디를 내뱉었음에도 석진호는 싸늘한 얼굴로 계속 팼다.

만약 정마륭이 이기지 못했다면 이 꼴을 하고 있는 건 노추삼이 아니라 정마륭이었을 터였다.

그리고 어쩌면 탁윤에게까지 번졌을지도 모르고.

"멈추시오!"

"칠조장님!"

그때 목조건물 안에서 노성과 함께 맹렬한 기세가 터져 나왔다.

노추삼의 사부이자 호가대에서 조장직을 맡고 있는 봉우륭이 두 눈을 부릅뜨고서 달려 나왔다.

"이게 무슨 짓이오, 사공자!"

"무슨 짓이긴. 제자 버릇 고치는 중이지. 쓸데없이 손버릇이 나쁘더라고."

"그깟 하인 놈하고 엮인 것 가지고 너무하는 거 아니오!"

"그깟 하인 놈?"

석진호의 눈빛이 매서워졌다.

하지만 흥분한 봉우룡은 그런 석진호의 시선에도 오히려 눈을 부라리며 말을 이었다.

　미천한 하인과 석가장을 보호하는 임무를 수행하는 호가 무사들의 신분은 다를 수밖에 없다고 생각했기에 봉우룡은 되레 큰소리를 쳤다.

　"심지어 치욕을 당한 것은 내 제자이건만!"

　"어째서 생각이 없을까 했는데, 그게 다 제 사부를 닮은 것이었구만. 하긴, 사부가 저딴 생각을 하는데 제자의 상식이 제대로 박혀 있을 리 없지."

　"뭣이오?"

　봉우룡의 얼굴이 붉으락푸르락했다.

　모욕도 이런 모욕이 없어서였다.

　그러나 석진호의 조롱은 이게 끝이 아니었다.

　"게다가 무인으로서의 자존심도 없군. 이 상황에서 입만 놀리는 것을 보면. 하긴, 이미 돈에 자존심을 팔았으니 무인으로서의 자긍심이 있을 리 있나."

　파아앗!

　석진호의 말이 끝나기 무섭게 봉우룡이 달려들었다.

　패용하고 있던 검을 번개같이 빼어 들고서 석진호를 향해 쇄도했던 것이다.

　게다가 그의 검에서는 서릿발 같은 검기가 형형히 솟구쳐 있는 상태였다.

무인환생

'초일류 정도인가.'

전광석화와 같이 빠르게 쇄도하는 봉우룡이었지만 안타깝게도 석진호의 눈에는 너무나 훤히 보였다.

절정 고수도 부족해 보이는 마당에 초일류는 말할 필요도 없었다.

그래서 석진호는 잡고 있는 노추삼을 놓지 않았다.

쌔애액!

이윽고 매서운 기세로 파고든 검이 지척까지 쇄도했다.

죽이지는 않겠다는 듯이 팔을 노리고서 뻗어 왔던 것이다.

스슥!

하지만 검기를 머금은 봉우룡의 검은 안타깝게도 석진호에게 닿지 못했다.

너무나 유려한 움직임으로 그의 검세를 피해 냈던 것이다.

그것도 왼손에는 노추삼을 든 채로 말이다.

"저게 벽풍뇌호(劈風雷虎)……!"

"소문이 사실이었단 말인가!"

노추삼을 들고도 여유롭게 봉우룡의 검기와 검풍을 가로지르는 모습에 호가 무사들이 감탄한 듯 소리쳤다.

저게 얼마나 말도 안 되는 경지인지 모를 수가 없어서였다.

동시에 그들은 흑오채를 홀로 반파시켰다는 소문이 결코 과장되지 않았음을 깨달았다.

"이익!"

물론 모두가 감탄하는 것은 아니었다.

석진호에게 검을 뿌린 봉우륭은 얼굴을 악귀처럼 일그러뜨린 채로 악을 쓰며 검을 휘둘렀다.

하지만 전력으로 검세를 펼쳐도, 진기를 극성으로 일으켜도 달라지는 것은 없었다.

미꾸라지처럼 너무나 얄밉게 회피하는 모습에 봉우륭의 얼굴이 터질 듯이 붉어졌다.

'이런 말도 안 되는!'

봉우륭의 동공이 흔들렸다.

맨몸도 아니고 지금 석진호는 노추삼을 들고 있는 상태였다.

그런데도 완벽하게 자신의 공세를 피해 내는 모습에 봉우륭은 현실을 믿을 수가 없었다.

흑오채주를 홀로 제압했다는 소식을 들었을 때 그는 과장된 소문, 만들어진 소문이라고 생각했다.

아무리 천재라도 단기간에 그렇게 강해지는 건 불가능하다고 생각해서였다.

더구나 함께했던 이가 붕산철권이었기에 봉우륭은 석가장에서 일부러 과장되게 소문을 냈다고 생각했다.

예전부터 늘 석가장은 무력에 욕심을 냈으니까.

그러한 찰나에 나타난 게 석진호였으니 어찌 이용을 안 할

무인환생

수 있을까.

하지만 그건 그의 착각이었다.

'이 정도의 수준이라고?'

절정을 코앞에 둔 자신의 공격을 석진호는 너무나 여유롭게 피하고 있었다.

그것도 검의 궤적을 정확히 보면서 말이다.

심지어 변초마저도 예상했다는 듯이 완벽하게 피하는 모습에 봉우룡은 처음과 달리 기가 질렸다.

턱!

그때 석진호의 오른손이 느릿하게 움직였다.

날카로운 검기가 줄기줄기 뿜어져 나오는 검기를 맨손으로 잡았던 것이다.

"이쯤 할까나."

떨어지는 낙엽을 삽듯이 검지와 중지로 봉우룡의 검신을 잡은 석진호가 중얼거렸다.

진즉에 제압할 수 있었음에도 그가 지금까지 시간을 끈 것은 보여 주기 위해서였다.

온갖 소문을 정리하는 데 있어 가장 확실한 방법이 실력 발휘였으니까.

다만 그러기에는 봉우룡의 급이 조금 떨어지기는 하지만 그래도 효과는 충분히 나온 듯했다.

쩌엉!

붙잡힌 검을 회수하기 위해 봉우룡이 안간힘을 썼지만 결과는 달라지지 않았다.

석진호가 진기를 집어넣기 무섭게 검이 동강 났던 것이다.

그뿐만 아니라 석진호의 혼원천뢰기는 검신을 타고서 봉우룡의 내부까지 헤집었다.

"커헉! 커흐흑!"

벼락이라도 맞은 것처럼 몸을 사정없이 비트는 봉우룡의 모습에 주변에 우르르 모여 있던 호가 무사들이 의아한 표정을 지었다.

난데없이 왜 저러나 싶었던 것이다.

하지만 석진호는 설명 대신 여태껏 붙잡고 있던 노추삼을 내려놓고는 허물어지려는 봉우룡의 멱살을 잡았다.

제자에 이어 사부에게도 정신교육을 해 줄 생각이었다.

'겸사겸사 내 위신도 세우고 말이지.'

어차피 그는 시간이 되면 석가장을 떠날 생각이었다.

그러나 떠날 거라고 해서 그때까지 무시를 당하며 얌전히 참고만 있을 생각은 없었다.

떠나는 것과 자존심은 다른 문제였다.

무림에 크게 뜻이 없다고 하나 그는 한때 천하를 오시했던 절대자였다.

꾸우욱!

더욱이 전생의 그는 자신에게 살기를 드러낸 적을 살려 둔

武人還生
무인환생

적이 없었다.

그런데 그때 목조건물에서 새로운 목소리가 들려왔다.

"사공자님, 제 얼굴을 봐서라도 이쯤에서 멈춰 주시면 안 되겠습니까."

"대, 대주님!"

중후한 음성에, 하나같이 경악한 표정을 하고 있던 호가 무사들이 반색한 표정을 지었다.

목소리의 주인공이 누구인지 다들 알아차렸던 것이다.

동시에 봉우룡의 목을 부여잡은 석진호의 시선도 전각 쪽으로 돌아갔다.

"우룡이와 추삼이는 제가 따끔하게 혼을 내고 직접 사과시키겠습니다. 또한 징계 역시 내리겠습니다."

"흐음."

오십이 넘은 호가대주 나창선이 정중하게 고개를 숙였다.

마치 수하들의 잘못을 사과하듯 말이다.

그 모습에 석진호도 더 이상 과격하게 나갈 수 없었다.

다른 이라면 모르겠지만 마창선은 무려 이십 년 넘게 호가 대주로서 석가장을 지켜 온 인물이었다.

'그나마 무인다운 무인이라고 했던가.'

단순히 계약관계에 불과한 호가대원들과 달리 마창선은 태상가주가 직접 데려온 인물이었다.

또한 호가 무사들이 저지른 사건 사고를 나름 공정하게 처리하기도 했다.

때문에 석진호로서도 고민을 할 수밖에 없었다.

"부디 아량을 베풀어 주셨으면 합니다."

"대주님의 얼굴을 봐서 이쯤에서 끝내겠습니다. 하지만 추후 이런 일이 또다시 발생한다면 그때는 그냥 넘어가지 않을 것입니다."

"제가 전후 사정을 확실하게 알아본 후에 조치하겠습니다. 또한 결과 역시 직접 보고하겠습니다."

"알겠습니다."

지나칠 정도로 깍듯하게 자신을 대하는 마창선의 모습에 석진호가 조금은 누그러진 표정을 지었다.

저렇게까지 하는데 날을 세우기도 그랬고, 성에 차지 않았을 뿐이지 응징은 충분히 한 상태였다.

또한 애초에 목표했던 것도 다 이룬 상태였고.

"사과의 의미로 사공자님께 차를 대접하고 싶은데, 어떠신지요?"

"그리 말씀하시는데 거절할 수 있겠습니까."

"허허허, 편하게 생각하셔도 됩니다. 사공자님에 비하면 저는 별 볼 일 없는 노인네이니까요."

못 이기는 척 받아들이는 석진호의 모습에 마창선이 옅게 웃으며 몸을 돌렸다.

그런 그를 따라 석진호는 탁윤과 정마룡을 데리고서 걸어

무인환생

갔다.

✿

직접 우린 차를 석진호의 찻잔에 따라 주며 마창선이 지그시 쳐다봤다.

그러나 그의 뇌리에는 앉아 있는 석진호가 아닌 봉우룡을 제압할 때의 석진호가 떠올랐다.

그때 잠시 드러났던 석진호의 존재감은 결코 그의 아래가 아니었다.

'흑오채주를 홀로 잡았다는 소문이 진짜일 줄이야.'

지천명(知天命)의 나이가 되면서 보이지 않던 것이 보이게 되고 느껴지지 않던 것을 느낄 수 있게 되었다.

그만큼 경험이 쌓이며 연륜이 늘어 갔기에 마창선은 단언할 수 있었다.

눈앞에 앉아 있는 석진호가 천재라 불리는 괴물들 중의 한 명임을 말이다.

'하긴. 이 정도가 아니고서야 그 콧대 높은 하북팽가가 그렇게 공을 들일 리가 없지.'

젊을 적 철검 한 자루만 들고 강호를 종횡했던 이가 그였다.

그러면서 수많은 영재들과 수재들, 괴물 같은 천재들과도 마주쳤었다.

구파일방, 오대세가의 무인들도 만났었고.

하지만 그의 인생에서 지금 석진호보다 대단하다고 판단되는 이는 한 손에 꼽혔다.

'태상장주님과 현 장주님의 심정이 이해가 가는군.'

마창선은 몸이 바짝 달아올랐을 석비강과 석명일을 떠올리며 옅게 웃었다.

그토록 바라던 인재가 어느 날 갑자기 나타났다.

한데 문제는, 그토록 원했던 인재가 석가장을 나가려 한다는 점이었다.

더 웃긴 건 잡을 명분이 없다는 점이고.

'저런 실력자를 강제로 억압할 수 있을까? 가능이야 하겠지만 얻는 것보다 잃는 게 더 크지. 게다가 하북팽가에서 가만히 있을 리 없고.'

석가장주에게는 여러모로 진퇴양난의 상황이었다.

그러나 구경하는 입장인 마창선에게는 재미있었다.

"차 맛이 좋군요."

"마음에 들어 하셔서 다행입니다. 그런데 석가장을 나가시려 한다고 들었습니다."

"예. 이곳에서 좋은 기억보다는 안 좋은 기억이 많아서 말이지요."

"허허허."

마창선이 어색하게 웃었다.

武人還生
무인환생

왠지 안 좋은 기억들 중에 오늘 일이 추가될 것 같아서였다.

똑똑똑.

그때 누군가가 문을 두드린 후 안으로 들어왔다.

정신을 차린 듯, 봉우룡과 노추삼이 응접실 안으로 걸어왔던 것이다.

둘은 기가 한껏 죽은 모습으로 석진호를 보자마자 무릎을 꿇었다.

하지만 그 모습을 보고도 석진호의 표정은 조금도 변화가 없었다.

"소인이 결례를 범했습니다. 용서해 주십시오."

"죄, 죄송합니다!"

아까 전의 사나운 기세는 어디로 사라진 것인지 둘은 몸을 납작 엎드렸다.

오체투지를 하듯 석진호를 향해 머리를 조아렸던 것이다.

그러나 둘의 그런 사죄에도 불구하고 석진호의 눈빛은 싸늘했다.

"노추삼은 사과해야 할 사람이 한 명 더 있을 텐데?"

"미, 미안하다! 내가 질투에 눈이 멀어서 하지 말아야 할 짓을 했어! 용서해 다오!"

석진호의 말이 떨어지기 무섭게 노추삼이 방향을 틀었다.

낯선 상황에 어쩔 줄을 몰라 하는 정마룡에게 고개를 푹 숙였던 것이다.

그 모습에 정마룡은 난감한 표정을 지었다.

"뭐 해? 결정하지 않고."

"저는 괜찮습니다. 놀라기는 했지만 저도 다친 건 없고, 사람인 이상 실수할 수도 있는 일이니까요."

여전히 어색한 얼굴로 정마룡이 더듬더듬 대답했다.

그러면서 석진호의 눈치를 살피는 것도 잊지 않았다.

이렇게 하는 게 맞는 것인지 알 수가 없어서였다.

하지만 석진호는 딱히 더 이상 입을 열지 않았다.

"하면 이 정도에서 마무리 지을까요?"

"그러죠."

마창선의 말에 석진호가 입맛을 다시며 대답했다.

썩 마음에 들지는 않지만 그래도 이 정도면 나쁘지 않다고 생각해서였다.

아직은 둘 다 시간이 필요하기도 했기에 석진호는 이쯤에서 마무리 지었다.

제15장 진즉에 잘했어야지

저벅저벅.

세 사람 사이로 무거운 발소리만 들렸다.

처소로 가는 길이었음에도 누구 하나 입을 열지 않았던 것이다.

아니, 정확히 말하면 둘은 입을 열지 못했다.

"정마륭."

"예, 예! 공자님!"

"소감이 어때?"

"소……감요?"

조용히 뒤따르던 정마륭이 두 눈을 껌뻑였다.

무엇을 묻는 것인지 순간적으로 이해하지 못한 것이다.

"방금 전까지 있었던 일 말이야. 직접 보고 느끼니 어때?"

"어……."

정마룡의 표정이 진지해졌다.

어떻게 보면 그로 인해 벌어진 일이었기에 사실 처음에는 덜컥 겁이 났었다.

노추삼을 제압했을 때는 기분이 하늘을 나는 것처럼 좋았지만 그건 잠시뿐이었다.

이내 어떻게 수습을 해야 할지 막막했다.

어찌 됐든 그는 하인이었고 노추삼은 호가 무사였다.

석가장 입장에서 한낱 하인보다는 호가 무사에 더 신경을 쓸 수밖에 없다는 걸 알기에 정마룡은 전전긍긍했는데, 놀랍게도 석진호의 선택은 정면 돌파였다.

침착하게 따로 알아보기 무섭게 곧바로 호가대의 숙소로 쳐들어갔던 것이다.

'처음으로 제대로 된 살기를 느꼈지.'

석진호의 무위야 석가장 내에서는 그와 탁윤이 가장 잘 알았다.

그렇기에 대뜸 호가대의 숙소로 향했을 때 놀라기는 했어도 걱정하지는 않았다.

하지만 봉우룡의 살기를 느꼈을 때 그는 몸이 굳어졌다.

간접적으로 느꼈을 뿐인데도 노추삼의 어쭙잖은 살기와는 격이 다른 살기에 정마룡은 아무것도 할 수 없었다.

"참고로 말해 두는데 이건 약과다. 무림은 이것보다 더 냉혹한 세계다. 아무도 죽지 않은 오늘과는 달라. 별것도 아닌 일에 칼부림이 나며 자존심 때문에 사람을 죽이는 곳이 무림이라 불리는 세계다. 넌 그 세계에 발을 들이려고 하는 거고. 지금이 멈출 수 있는 마지막 기회다. 지금이라도 무공을 포기하면 평범한 삶을 살 수 있어."

"헤헤! 저를 이렇게나 걱정해 주시고 생각해 주시다니! 감격, 또 감격입니다! 하지만 포기하겠다는 생각은 처음부터 없었습니다. 죽음은 이미 진즉부터 각오했습니다. 당장 내일 죽는다 해도 저는 미련 없이 죽을 수 있습니다."

"마지막까지 너스레는."

나름 잡았던 분위기를 대번에 풀어 버리는 정마룡의 말에 석진호가 결국 고개를 저었다.

좀 신중해시나 싶었더니 역시는 역시나었다.

대신 석진호는 탁윤을 쳐다봤다.

"윤이는?"

"전 그저 공자님께서 시키시는 대로 따를 뿐입니다."

"허어, 갈 길이 멀다, 멀어."

예상했던 대답 그대로 내뱉는 탁윤의 모습에 석진호가 답답한 듯 하늘을 쳐다봤다.

그러나 그 모습에도 탁윤은 그저 순박하게 웃기만 했다.

"제가 윤이를 열심히 교화시키겠습니다!"

"너나 좀 나잇값을 했으면 좋겠는데 말이지. 그리고 네가 지금 윤이 교화시킬 짬이야? 대련하면 이기는 사람이 누구지?"

"그, 그건 윤이가 저보다 먼저 무공에 입문해서……."

언제 큰소리를 쳤냐는 듯이 정마륭의 목소리가 작아졌다.

형이지만 막상 대련을 하면 늘 지는 건 그였다.

재능의 차이도 있지만 철벽과도 같은 탁윤의 외공을 뚫는 게 그로서는 아직 불가능했다.

일단 병기에 진기를 실을 줄 알아야 하는데 정마륭의 수준은 아직 그 정도는 안 됐다.

"변명일 뿐이야."

"좀 더 노력하겠습니다!"

"이제는 노력보다 결과를 보여 줄 때라고 생각하는데. 설마 노추삼 정도를 이겼다고 자만하는 건 아니지?"

"아닙니다! 제 목표는 강호백대고수입니다!"

"허어, 높다."

석진호가 헛웃음을 흘렸다.

아무리 꿈은 크게 가지라는 말이 있지만 그럼에도 지나치게 높은 목표를 잡고 있어서였다.

"죽어라 노력하면 그래도 환갑이 되기 전에는 어찌어찌 턱걸이는 할 수 있지 않을까요?"

"뭐, 꿈은 누구나 꿀 수 있는 거니까."

"불가능한 겁니까……."

武人還生
무인환생

정마룡이 시무룩한 표정을 지었다.

나름 길게 보고 목표를 정한 것인데 석진호의 표정을 보니 그마저도 불가능한 듯싶었다.

"불가능한 건 없지. 단지 이루기 전에 죽을 뿐이니까."

"그 말이 그 말 아닙니까."

정마룡이 실소를 흘렸다.

응원해 주는 건지 현실을 한 번 더 알려 주는 건지 알 수가 없어서였다.

다만 한 가지 확실한 건 기분은 좀 나아졌다는 것이었다.

"모두가 다 똑같아. 대부분은 꿈만 꾸다 죽지. 하지만 말도 안 되는 꿈을 이루는 사람도 분명히 존재하니까 가능성이 없는 건 아냐."

"열심히 노력하겠습니다!"

"그건 누구나 다 하는 거고. 중요한 건 잘하는 거야."

"너무 어려운 조건이지만, 그렇기에 의욕이 샘솟는군요. 한번 해 보겠습니다! 제가 또 열정 빼고는 시체 아닙니까!"

"정확하게는 수다 빼면 시체지."

석진호가 명치를 때렸다.

열정도 좋고 의욕도 좋지만, 개인적으로 그는 말 좀 줄였으면 했다.

그나마 수련할 때는 조용해서 다행이었지 그마저도 없었다면 진즉에 내쳤을 터였다.

"며, 명치가 아픕니다!"

"아프라고 때린 거야. 가자."

"예! 제가 모시겠습니다! 윤이는 공자님의 뒤를 지키고!"

"알겠습니다."

특유의 과장되고 넉살스러운 표정으로 앞장서는 정마륭의 모습에 석진호가 어처구니없다는 표정을 지었다.

누가 누구를 지키겠다고 하는 건지 어이가 없어서였다.

하지만 자기가 하겠다는데 말리기도 그래서 석진호는 그 냥 조용히 걸음을 옮겼다.

요즘 들어 애교가 더욱 늘어난 흑휘와 놀아 주던 석진호가 방문을 열었다.

이른 아침부터 앞마당이 부산스러워서였다.

생소한 기척이 잡히기도 했고 말이다.

냐앙!

오랜만에 석진호의 어깨에 올라탄 흑휘가 연체동물처럼 축 늘어졌다.

온몸을 석진호에게 맡긴 것이었다.

그러면서 기분 좋은 듯이 앞발로 세수를 하는 모습에 석진 호는 피식 웃으며 앞마당으로 나왔다.

무인환생

"고, 공자님!"

"무슨 일인데 아침부터 시끄러워?"

"내, 내, 내총관님께서 찾아오셨습니다!"

"내총관님?"

호들갑을 떠는 정마룡을 일별한 석진호가 월동문 쪽을 쳐다봤다. 그러자 평소에는 보기 힘든 내총관이 공손히 서 있는 게 눈에 들어왔다.

지금까지는 볼 수 없었던 자세로 말이다.

심지어 태상장주의 칠순연 때도 그는 내총관과 마주치지 못했었다.

"오랜만에 인사드립니다, 사공자님."

"그렇군요."

정중하게 고개를 숙이는 내총관의 모습에도 석진호는 별다른 표정 변화를 보이지 않았다. 딱히 놀란 기색 없이 그냥 평이한 어조로 인사를 받았던 것이다.

그 모습에 내총관의 눈동자에 이채가 서렸다.

'확실히 달라지긴 했군.'

예전에는 감히 그를 쳐다보지도 못했던 이가 석진호였다.

그런데 지금은 완전히 다른 사람이 된 것처럼 느껴졌다.

게다가 몸에서 흘러나오는 존재감 역시 확연히 달랐다.

"다름이 아니라 장주님께서 직접 가져다주라고 하셔서요."

"장주님께서?"

"예."

내총관이 몸을 슬쩍 돌렸다.

그러자 그의 뒤로 서 있던 하인들이 지게를 메고서 월동문을 지나 안으로 들어왔다.

"일단 이쪽으로 오시죠."

자연스럽게 앞마당으로 들어온 하인들을 정마룡이 평상 쪽으로 인솔했다.

다른 이도 아니고 석가장주가 직접 주라고 지시를 했다는데 거절할 수는 없다고 생각해서였다.

그리고 궁금하기도 했고 말이다.

"그동안 식재료가 너무 부실한 거 같아서 제일 좋은 것들로 가져왔습니다. 양도 넉넉히 가져왔으니 하북팽가의 손님들이 올 때마다 따로 식재료를 배급받지 않으셔도 됩니다. 만약 부족하시면 언제든지 추가적으로 보급받을 수 있도록 지시해 두었습니다."

하인들이 짐을 내려놓기 무섭게 내총관이 부연 설명을 하듯 입을 열었다.

예전과는 달리 지극히 깍듯한 태도로 말이다.

그게 탁윤도 신기했던 모양인지 조용히 서서 지그시 쳐다보고 있었다.

반대로 정마룡은 얼굴 가득 놀란 기색을 숨기지 않았다.

식재료는 물론이거니와 각종 간식들과 제철 과일, 거기다

무인환생

옷과 옷감들 역시 지금까지 받아 왔던 것들하고는 수준이 달랐다.

"허업!"

자연스럽게 상자를 열어서 내용물을 보여 주는 모습에 정마릉은 정신을 차리지 못했다.

하지만 석진호는 달랐다.

"다시 가져가라고 해도 가져가지 않겠죠?"

"사공자님께서도 아시겠지만 저는 장주님의 지시를 따를 뿐입니다."

내총관이 옅게 웃음을 흘렸다.

그러나 미소와 달리 대답은 단호했다.

동시에 출발하기 전에 석명일이 했던 말이 떠올랐다.

─늦은 감이 없지 않아 있지만, 그래도 안 하는 것보다는 낫다.

이미 석진호의 마음이 떠났다는 걸 모두가 알고 있었다.

석명일에게 직접 의중을 밝히기도 했고.

하지만 아직 시간이 없는 건 아니었다.

사람 마음이라는 게 어떻게 하느냐에 따라서 얼마든지 바뀌기도 했고 말이다.

―서운한 게 있다면 풀어 주면 될 일이고, 부족한 게 있다면 그 이상 채워 주면 될 일이다.

　고만고만한 곳들도 아니고 석가장이었다.
　황금성이라 불릴 정도로, 적어도 금력에 관해서는 천하제일이라 해도 과언이 아닌 곳이었다.
　그런 곳이 작정하고 달려든다면 그는 석진호의 마음을 돌리는 게 충분히 가능하다고 생각했다.
　반년이라는 시간은 의외로 길었다.
　"알겠습니다."
　"그리고 장주님께서 이것을 전해 드리라고 하셨습니다."
　데리고 온 하인들이 짐을 전부 다 내려놓은 것을 확인한 내총관이 품속에서 무언가를 꺼냈다.
　새하얀 봉투였는데 석진호는 내용물을 보지도 않고 거절했다.
　"받지 않겠습니다."
　"장주님께서 꼭 전해 드리라고 하셨습니다. 이걸 안 받으시면 저 여기서 못 나갑니다."
　내총관이 단호한 어조로 말했다.
　그뿐만 아니라 두 손으로 잡고 있는 봉투를 석진호 쪽으로 내밀고서 고개를 숙였다.
　받기 전에는 한 걸음도 움직이지 않겠다는 듯이 말이다.

武人還生
무인환생

하지만 석진호도 만만치 않았다.

휘이이잉.

두 사람 사이로 한 줄기 바람이 가로지를 때 식재료를 살펴던 소하정이 다가왔다.

분위기가 심상치 않아 보이자 슬쩍 석진호의 곁으로 다가왔던 것이다.

그러고는 내총관에게 인사하면서 석진호의 옆구리를 팔꿈치로 가볍게 찔렀다.

"안녕하세요, 내총관님. 오랜만이에요."

"으음!"

방긋 웃으며 인사하는 소하정과 달리 석진호는 못마땅한 표정을 지었다. 소하정의 팔꿈치 공격이 무엇을 뜻하는지 모르지 않아서였다.

"오랜만이구려. 잘 지냈나?"

"저야 늘 똑같죠. 그런데 정말 그거 도련님이 안 받으면 못 가세요?"

"나갈 수야 있겠지만 장주님의 불호령을 들어야겠지."

내총관의 시선이 슬쩍 석진호에게로 향했다.

흑오채주도 때려잡은 석진호가 힘을 쓴다면 제아무리 그라도 별수 없다는 듯이 말이다.

그 모습에 소하정이 눈치를 줬다.

이미 이만큼 받았는데 봉투를 받는다고 해서 달라질 것은 없어서였다.

"후우, 받겠습니다."

"잘 생각하셨어요, 도련님."

"많지 않은 금액이니 부담 갖지 않으셔도 됩니다. 부족하시면 언제라도 제게 말씀해 주십시오. 제가 자리에 없다면 외총관에게 말씀하셔도 됩니다."

내총관의 얼굴이 밝아졌다.

동시에 그가 고맙다는 듯이 소하정에게 눈짓했다.

그러나 그는 몰랐다.

이 모든 게 그녀의 그림이었음을 말이다.

"뭘 그렇게 고민하셔요. 진즉에 받았어야 할 것을 이제야 받은 것뿐인데."

석진호가 봉투를 받기 무섭게 혹시나 마음이 바뀔까 봐 부리나케 내빼는 내총관을 쳐다보며 소하정이 말했다.

아무리 석진호가 달라졌다고 해도 석명일이 그리 큰 금액을 주지는 않을 거라 생각해서였다.

생각보다 많은 금액이라고 해도 원래 받았어야 할 것들을 한꺼번에 받는 셈 치면 되었다.

"확인해 볼까."

"저도 궁금해요. 장주님께서 도련님을 어떻게 생각하시는지."

"그게 아니라 배포가 궁금한 건 아니고?"

무인환생

"서출이지만 그래도 아들인데, 더구나 지금까지 무심했던 걸 감안하면 그래도 꽤 많이 주시지 않았을까요?"

말은 하지 않았지만 정마룡도 궁금하다는 듯이 슬쩍 다가왔다.

그런 정마룡과 소하정의 모습에 석진호가 봉투를 열어 전표를 확인했다.

"흠."

"어머머, 어머머머."

전표에 찍힌 금액을 본 소하정의 두 눈이 크게 흔들렸다.

예상을 훌쩍 뛰어넘는 금액에 깜짝 놀란 것이었다.

그러나 석진호는 무덤덤한 얼굴로 다시 전표를 종이봉투에 집어넣었다.

❦

두 명을 이끌고서 석미룡이 처소를 나섰다.

이제는 호출하기가 어려울 정도로, 그녀도 눈치를 봐야 할 정도로 동생의 위치가 높아졌기에 석미룡은 산책도 할 겸 걸음을 옮겼다.

"이 정도로 클 줄은 몰랐는데 말이지."

"역시 아가씨의 안목이 맞았습니다."

"나야 감에 의한 거고. 운 좋게 하나 맞은 거지."

"운도 실력이라는 격언이 있습니다."

지낭(智囊)인 문적현의 말에 석미룡이 옅게 웃었다.

운이라는 게 얼마나 큰 영향을 끼치는지 그녀 역시 모르지 않아서였다.

"그래도 호가대에 가서 깽판을 칠 줄은 몰랐어."

"필요한 일이었습니다. 한번 봐주기 시작하면 끝도 없이 올라오는 게 사람이니까요. 만만하게 보이면 호구 잡으려고 하는 게 사람 심리입니다. 무인들은 두말할 필요도 없고요."

"그게 무인들의 세계라는 거지?"

"예. 힘으로 자신의 뜻을 관철시키는 자들이 무림인들입니다."

문적현의 말에 석미룡이 굳은 얼굴로 고개를 주억거렸다.

확실히 석진호의 방식은 무림인의 방식이었다.

만약에 그녀였다면 우선은 대화부터 했을 터였다.

정식 절차에 따라 문제를 제기했을 테고.

'그러나 진호는 그러지 않았지.'

알아본 후 직접 호가대의 숙소로 쳐들어갔다.

그러고는 모두가 보는 앞에서 호가대의 칠조장 봉우룡을 제압했다.

'탐이 난단 말이지. 아무리 충성심이 강한 호위 무사가 있다고 해도 결국은 남이니까.'

혈육인 석진호가 곁을 지켜 준다면 너무나 든든할 것 같았

무인환생

다.

게다가 동생의 능력은 지닌 바 실력이 전부가 아니었다.

일개 하인을 얼마 안 되는 시간 동안 가르쳐 호가대원을 제압할 정도로 키워 냈다.

물론 제압당한 호가대원이 이류도 안 되는 삼류 무인이라고 하나 중요한 건 범인을 무인으로 만들었다는 점이었다.

"쉽지는 않을 겁니다, 아가씨."

"당연하지. 쉬운 녀석이었으면 지난번에 냉큼 넘어왔을 거야. 근데 봐 봐, 여전히 뻗대고 있잖아. 그래서 내가 직접 가는 거고. 에휴, 동생 얼굴 보러 누나가 직접 움직여야 한다니."

"삼고초려의 고사를 떠올리셔야 합니다."

"알지. 아니까 이렇게 가는 거지. 아버지도 그래서 뒤늦게 공을 들이시는 거고."

식진호의 처소에 내총관이 나녀갔다는 사실은 반나절이 채 되기도 전에 장원 곳곳에 퍼졌다.

외총관도 중요한 인물이지만 내총관에 비할 바는 아니었다. 그리고 그 말은 석진호가 그만큼 석가장에서 중요한 인물이 되었다는 것이었다.

석명일이 내총관을 보낼 정도로 말이다.

"꼭 이번만 있는 건 아닙니다, 아가씨. 길게 보셔야 합니다. 이번에 잘되면 더할 나위 없이 좋겠지만 안되더라도 실망하지 마십시오."

"잘 알고 있어. 그러니 걱정하지 않아도 돼."

"제가 잘 보필하겠습니다."

"난 늘 문 학사를 믿지."

석미룡이 화사한 미소를 머금었다.

그러자 문적현 역시 옅게 웃었다.

야옹.

대화하는 사이 익숙한 고양이 울음소리가 들려왔다.

오늘도 어김없이 흑휘가 담벼락 위에 도도하게 앉아서 햇살을 쬐고 있었던 것이다.

"흑휘야!"

인사하듯 나지막한 울음소리로 반겨 주는 흑휘의 모습에 석미룡의 두 눈이 초롱초롱하게 빛났다.

하지만 반가워하는 석미룡과 달리 흑휘의 표정은 시큰둥했다.

얼굴은 알지만 딱히 반겨 주지는 않겠다는 듯이 도도하게 콧대를 세우는 모습에 석미룡이 번개같이 손을 품속에 넣었다.

이윽고 그녀의 품속에서 흑휘가 가장 좋아하는 소고기로 만든 육포가 나왔다.

킁킁.

종이에 곱게 포장되어 있던 육포가 모습을 드러내기 무섭게 흑휘가 코를 벌렁거렸다.

아무리 도도한 흑휘지만 본능은 어쩔 수 없었다.

"자, 이리 온!"

그 모습에 석미룡이 득의양양한 미소를 숨기지 않으며 육포를 흔들었다.

다른 육포는 몰라도 소고기로 만든 특제 육포의 유혹을 단한 번도 이겨 내지 못했었기에 그녀는 이번에도 당연히 흑휘가 못 이기는 척 다가올 것이라고 생각했다.

풀쩍!

그러나 그 믿음은 신기루처럼 사라졌다.

코를 몇 번 벌렁거린 흑휘가 미련 없다는 듯이 앞마당으로 몸을 날렸던 것이다.

"어? 어어?"

그 광경에 석미룡이 당혹성을 터트렸다.

하지만 흑휘는 이미 모습을 감춘 뒤었다.

"안녕하세요."

"어, 탁윤이구나."

"공자님을 찾아오신 겁니까?"

"으응. 겸사겸사 흑휘도 볼 겸해서. 그런데 흑휘 밥 먹은 지 얼마 안 됐어?"

아직도 흑휘가 유혹을 이겨 낸 게 믿기지 않는 모양인지 석미룡이 어안이 벙벙한 표정으로 물었다.

그런데 탁윤은 고개를 저었다.

"아침에 먹고 지금까지 따로 먹은 건 없는 걸로 알고 있습니다. 가끔 날아다니는 새를 잡아먹기는 하는데 오늘은 사냥도 안 했습니다. 간식도 안 먹었고요."

"헐, 진짜?"

석미룡의 두 눈이 크게 흔들렸다.

마치 믿을 수 없는 사실을 들은 것처럼 말이다.

그때 어깨에 흑휘를 얹은 석진호가 밖으로 나왔다.

"밖에서 무슨 대화를 그렇게 합니까?"

"흑휘가 내 간식을 외면했어."

"별로 안 당기나 보죠. 얘라고 늘 배가 고픈 건 아니니."

"그래도 그렇게 좋아하던 간식인데……."

석미룡의 두 눈이 석진호의 왼쪽 어깨에 편하게 늘어져 있는 흑휘에게로 향했다.

세상 편하다는 듯이 골골거리며 늘어져 있는 모습이 너무나 깜찍하고 귀여웠다.

하지만 지금까지 그렇게 간식을 주었음에도 흑휘는 단 한 번도 저런 모습을 보인 적 없었다.

"질렸을 수도 있고. 일단 들어오시죠."

"실례하겠습니다."

뒤늦게 석진호의 시선이 자신에게 닿자 문적현이 정중히 고개를 숙였다.

그 뒤로 석미룡의 호위 무사도 포권을 했다.

학사인 문적현과 달리 그는 무인이기에 무림인의 방식으로 인사를 해 왔던 것이다.

"다과상이 엄청 화려하네. 내총관님 덕분인가?"

"정작 덕은 손님들이 받고 있는 것 같지만."

"너도 먹으면서."

"저는 군것질은 잘 안 해서요. 아직 몸을 만드는 중이기도 하고."

앞에 앉은 석미룡, 문적현에게 차례대로 차를 따라 준 석진호가 자신의 찻잔에도 차를 따랐다.

그러고는 고상한 자태를 뽐내며 차를 마셨다.

"지금도 엄청 좋아 보이는데?"

"아직 멀었습니다. 적어도 일 년은 더 해야 하는지라."

"나야 무공 쪽은 잘 모르지만. 근데 아버지하고 담판을 지었다며?"

"예."

석진호가 대수롭지 않게 말했다.

다른 이들에게나 대단한 사람이지 그에게는 딱히 대단할 것도 없었다.

상계에서는 거물이라 불리기에 모자람이 없지만 천하를 놓고 본다면 석가장주보다 더한 영향력을 지닌 이들은 수두룩했다.

그중 한 명이 바로 그이기도 했고.

'뭐, 옛날 얘기긴 하지만.'

차를 들이켜며 석진호가 중얼거렸다.

그래서인지 석명일이고 석비강이고 그에게는 그냥 석가장주, 태상장주일 뿐이었다.

조금 더 세세하게 말하자면 현재 몸의 혈육 정도랄까.

"대단하다. 그렇게 말하기가 쉽지 않을 텐데."

"강압할 수 있는 방법이 거의 없으니까요. 남이라면 모를까 어쨌든 서출이기는 해도 자식이니까. 한다고 해도 순순히 당해 줄 생각도 없고요. 냉정하게 말하면 제 결정을 돌리는 게 가장 좋은 방법이지요."

"능률적으로 봤을 때도 말이지. 근데 난 담판을 지었다는 게 대단해. 냉철하게 생각하는 것과 실행하는 것은 엄연히 다르니까."

"아가씨도 할 수 있을 겁니다."

석진호가 덕담 아닌 덕담을 건넸다.

실제로 셋 중에 석미룡의 능력을 가장 높게 치기도 했고 말이다.

하지만 석미룡이 넘어야 할 산은 결코 쉽지 않았다.

석가장의 역사상 여인이 장주가 된 적은 없었다.

"끝끝내 누나라고는 말을 안 하네. 아직도 시간이 더 필요한 거야?"

"일공자님과 이공자님께도 꼬박꼬박 공자님이라고 합니다

武人還生
무인환생

만."

"큰오빠야 둘째 치고, 작은오빠는 용케 안 찾아온다?"

"생각이 있으시지 않겠습니까."

"하긴. 작은오빠가 쓸데없이 생각이 많긴 하지."

석미룡이 입맛을 다셨다.

아무리 생각이 많아도 아직까지 움직임이 없는 게 그녀는 이해가 가지 않았다.

'아니면 이미 틀렸다고 생각하는 건가?'

조부와 부친이 까인 마당에 자신이 찾아간다고 한들 달라지는 건 없다고 생각할 수도 있었다.

하지만 그러기에는 무언가 미심쩍었다.

"근데 어쩐 일이십니까? 여기까지 직접 행차하시고."

"동생의 위상이 예전과는 완전히 달라졌잖아. 당연히 내가 와야지. 매달리는 쪽이 먼저 움직여야 하는 선 낭연하니까."

"흐음."

"근데 팽 소저는 오늘 안 오셔?"

석진호가 피식 웃었다.

어째서 석미룡이 직접 여기까지 왔는지 알 수 있어서였다.

"그러고 보니 마주치신 적이 없겠군요."

"응. 우리 집이긴 하지만 그렇다고 마구잡이로 찾아갈 수도 없으니까. 첫 인상이 얼마나 중요한데."

"그래서 자연스럽게 마주치는 쪽을 생각하셨군요."

"맞아. 동생 덕도 좀 보고 말이지. 하북팽가의 막내딸과 친해져서 나쁠 것은 없잖아? 더구나 같은 여자이기도 하고."

석미룡이 씨익 웃으며 말했다.

언뜻 영악해 보이는 모습이었지만 석진호는 그게 나쁘다고 생각하지 않았다.

그녀 정도라면 일방적인 관계도 아닌 충분히 상부상조할 수 있는 관계로 나아가는 것도 불가능하지는 않았다.

게다가 자신이라는 끈도 있고 말이다.

'석진룡은 그게 좀 안 되는 모양이지만. 하긴, 혈기 왕성한 나이에 사랑과 욕망에 눈이 멀었는데 평정심을 유지하기는 쉽지 않지.'

이십 년이 넘는 세월 동안 왕자처럼 살아온 석진룡이었다.

말 한마디로 웬만한 건 뭐든지 이룰 수 있는 만큼 팽나연과 하북팽가 역시 그렇게 생각할지도 몰랐다.

얼마든지 이용할 수 있다고 말이다.

그리고 그런 착각은 계기가 있지 않는 한 깨지지 않는다.

"원하신다면 소개는 시켜 드리지요."

"소개만? 도와주지는 않을 거야?"

"사람 인연이라는 게 뜻대로 되는 게 아닌지라."

"나보다 어린 게 웬 애늙은이 척이야?"

석미룡이 투덜거렸다.

그래도 빈말이라도 도와주겠다는 말이 나오기를 기대했는

데 역시나 칼같이 선을 긋는 모습에 석미룡은 입술을 삐죽 내밀었다.

"안타깝지만 사실이니까요. 호탕하기로 유명한 하북팽가지만 그렇다고 어리석은 건 아닙니다. 단지 순수해서 그럴 뿐이지요."

"그러니까 나도 순수하게 접근해라?"

"순수한 사람들은 순수한 사람을 알아보는 법이라더군요."

"그래서 너랑 내가 대화가 되나 보다. 둘 다 영악하니까."

석진호는 대답하지 않았다.

대신 빙그레 웃으며 차를 한 모금 들이켰다.

툭.

"뭡니까?"

"선물. 그래도 동생의 처소에 왔는데 빈손으로 오기는 뭐해서."

"호오."

"별로 대단한 건 아냐."

수수하게 포장되어 있는 꾸러미를 푼 석진호가 눈을 빛냈다. 그녀의 말마따나 선물 중에 비싼 건 없었다.

다만 석진호가 미처 신경 쓰지 못한 것들이 옹기종기 모여 있었다.

"고맙습니다."

"아무래도 유모 혼자 여자니까 알게 모르게 불편한 게 있을 것 같아서. 이런 쪽은 같은 여자들이 더 잘 알기도 하고. 고가의 물건들은 아니지만 그렇다고 싸구려도 아니니까 마음 편히 쓰라고 해."

속옷을 비롯해서 비녀, 반짇고리 함 등등 실생활에 꼭 필요한 물품들을 보며 석진호가 고개를 숙였다.

세심함이 돋보이는 선물에 진심으로 고마워했던 것이다.

"잘 쓰겠습니다."

"좋아하니 다행이네. 싫어하면 어떡하나 했는데."

"이런 선물이라면 얼마든지 환영입니다."

석진호가 마음에 들어 하자 석미룡이 내심 안도했다.

그러면서 자연스럽게 이런저런 대화를 나누기 시작했다.

주로 일이 아닌 사소한 것들 말이다.

'차근차근 간격을 좁히는 것부터 시작하는 게지.'

한결 편하게 대화를 나누는 두 사람의 모습에 문적현이 남몰래 작게 웃었다.

제16장 비천맹호(飛天猛虎)

　팽나연이 창밖을 쳐다봤다.

　석가장 내에서도 가장 좋은 별채 중 한 곳답게 아담하게
잘 꾸며진 작은 정원은 보는 것만으로도 심신을 차분하게 만
들어 주었다.

　하지만 지금 팽나연의 기분은 썩 좋지 않았다.

　"너무 싫어하는 티를 내는 것 아니냐?"

　"말도 없이 찾아왔는데 좋아하는 게 이상한 거 아냐?"

　"그래도 오라비인데 너무하는 거 아니냐."

　팽무건이 헛웃음을 흘렸다.

　좋아하지는 않을 거라 생각하기는 했지만 예상보다 반응
이 더 강렬해서였다.

"보나마나 또 잔소리하려고 온 거 아냐."

"그런 거 아닌데?"

"정말?"

뿌루퉁한 표정이던 팽나연의 얼굴이 대번에 밝아졌다.

잔소리 대장인 큰오빠가 연락도 없이 찾아왔기에 그녀는 당연히 잔소리 겸 싫은 소리를 하러 온 줄 알았다.

그런데 아니라고 하자 팽나연이 언제 얼굴을 찌푸렸냐는 듯이 얼굴을 활짝 폈다.

"내가 언제 농담하는 거 봤어?"

"못 봤지. 큰오빠는 늘 진지하니까."

"……너희 둘이 너무 생각이 없는 거야. 근데 놀랍기는 하네. 왈가닥 사고뭉치 막내가 여자가 된 거 같아서."

"왈가닥이라니!"

팽나연이 버럭 소리를 질렀다.

그런데 그다음 반응이 생소했다.

스스로 깜짝 놀라서는 손으로 입을 막았던 것이다.

마치 밖에 들리면 안 된다는 듯이 말이다.

"사실이잖아. 본가의 가솔들은 다 아는 사실인데."

"아, 아니거든!"

"근데 그 말괄량이도 결국 여인이 되었구나. 무곤이는 아직도 믿지 못하고 있지만. 사실 나도 지금처럼 직접 보지 못했다면 믿지 못했을 거야."

"그 얘기는 그만하지?"

팽나연이 쌍심지를 켜며 노려봤다.

하지만 팽무건은 그 모습에도 오히려 너털웃음을 흘렸다.

"그렇게 감추고 싶어?"

"알려져서 좋을 건 없으니까."

"마음만 먹으면 금방 알 수 있을 것 같은데? 서자지만 그래도 석가장주 아들이라며."

"으음, 소문 같은 것에 딱히 관심이 없으셔서 우리만 입조심을 하면 돼."

거부는 거부한다는 눈빛으로 팽나연이 서슬 퍼런 안광을 뿌렸다.

말하는 순간 불구대천의 원수로 삼겠다는 눈빛에 팽무건이 피식 웃으며 고개를 끄덕였다.

"누워서 침 뱉기도 이니고, 당연히 그럴 생각이다. 누가 뭐래도 나연이 너는 내가 사랑하는 막냇동생이니까."

"으ㄱㄱㄱ!"

팽나연이 두 팔로 자신의 몸을 감싸 안으며 벅벅 긁었다.

남사스러운 말에 닭살이 잔뜩 돋아나서였다.

그런데 그 모습조차도 팽무건에게는 귀엽게 보였다.

덩치는 산만 해도 그에게는 여전히 어리고 여린 막내였다.

"소개는 시켜 줄 거지?"

"누구? 석 공자님?"

"응. 여기까지 왔는데 얼굴은 봐야 하지 않겠어? 그래도 내가 큰오라비인데."

"흐음."

당연하다는 듯이 말하는 팽무건을 팽나연은 게슴츠레한 눈으로 쳐다봤다.

아무리 생각해 봐도 둘의 만남이 그녀에게는 썩 좋지 않을 것 같아서였다.

작은오빠보다는 낫지만 그래도 말실수를 할 수 있었다.

"못 미덥다는 눈빛은 뭐야? 무곤이야 이해할 수 있다지만 나한테도 그럴 것까지는 없잖아?"

"큰오빠도 딱히."

"허, 참."

"근데 왜 온 거야? 아빠가 돌아오래?"

"아버지 말씀, 석 공자에게 제대로 전달했어?"

흠칫!

팽나연이 움찔거렸다.

안 그래도 그것 때문에 큰오빠가 오지 않았나 싶었던 차였기에 그녀는 자기도 모르게 몸을 떨었다.

"……화 많이 나셨어?"

"아버지신데 네 생각을 모르겠어? 그냥 그러려니 하고 넘어가셨어."

"다행이다."

武人還生
무인환생

"근데 나도 아버지와 같은 생각이기는 해. 다 큰 처녀가 남의 집에 오래 머무르는 건 좋지 않아. 아무리 석가장이 무림에서 살짝 떨어져 있는 상가(商家)라고 하지만 금방이야, 이상한 소문이 도는 건. 그리고 그건 너에게 좋지 못하고. 이런 쪽의 소문은 남자보다 여자에게 치명적인 거 알고 있지?"

"내가 당당하면 상관없어. 이상한 소문이 난다고 해도 나, 도화야. 무림오화 중 한 명이라고."

팽나연이 도도하게 콧대를 세웠다.

석진호 앞에서야 얌전하지 원래 그녀의 성격은 오빠들도 감당하기 힘들 정도로 드셌다.

여장부라는 말이 절로 나올 정도로 말이다.

"그래도 이왕이면 조심하는 게 좋으니까. 아버지께서 얼마나 노심초사하고 계신데. 특히나 네가 매달리는 거 같아서."

"서 공자님은 그만한 가치가 있으신 분이야."

"알고 있어. 백 호법님께서 엄청나게 극찬하셔서. 그래서 나도 궁금한 거고. 대체 어느 정도이기에 백 호법님이나 네가 그러는지 말이야."

"힘들걸."

팽나연이 도발하듯 팽무건을 쳐다봤다.

제아무리 팽무건이 하북성에서 제일가는 후기지수라고 하지만 석진호와 비교할 정도는 아니었다.

팽무건 역시 천재의 부류에 들어가는 재능의 소유자였지

만 석진호와는 감히 비교할 수 없었다.

그리고 그 낌새를 팽무건 역시 느꼈다.

"이거 서운한데. 나도 나름 하북성에서는 인정받는 후기지수인데. 육룡을 위협하는 후기지수 중 한 명이고."

"육룡도 흑오채주를 두 수 만에 제압할 수는 없을걸."

"운이 따랐을 수도 있지. 흑오채주가 방심해서 당한 걸 수도 있고. 전투라는 게 워낙에 변수가 많으니까."

"그렇게 생각하는 게 일반적이기는 하지."

팽나연은 충분히 오라비의 생각을 이해한다는 듯이 고개를 주억거렸다.

그런데 그게 팽무건의 자존심을 건드렸다.

"내가 무조건 질 거라고 생각하는구나."

"나를 어린애 다루듯이 하는 게 석 공자님이야. 큰오빠가 뛰어난 실력을 지닌 건 알지만, 그 정도는 아니지."

"흠!"

팽무건이 미간을 좁혔다.

자신에 대해 잘 아는 여동생이었지만 그래도 순순히 인정할 수는 없었다.

팽나연과 대련을 할 때 전력을 다하지 않은 건 그 역시 마찬가지였다.

또한 숨겨 둔 비장의 한 수 역시 있었고 말이다.

"설마 다짜고짜 비무를 신청하려는 건 아니지?"

武人還生
무인환생

"내가 그렇게 경우 없어 보여? 그냥 순수하게 궁금해서야. 도대체 누가 망아지처럼 날뛰던 여동생을 여자로 만들었는지 궁금해서. 아버지께서도 마찬가지고."

"망아지처럼이라니!"

"그럼 말만 한 처자로 바꿀까?"

다시 한번 발끈하는 팽나연의 모습에 팽무건이 실실 웃었다.

오랜만에 이렇게 놀리니 재미있었던 것이다.

내숭을 떠는 모습도 좋지만 역시 그는 이렇게 솔직한 막내의 모습이 가장 좋았다.

"저기……."

그때 처소 밖에서 하인의 목소리가 들려왔다.

왠지 모르게 안절부절못하는 기색의 목소리에 두 남매는 대화를 멈추고 자리에서 일어났다.

하지만 그 전에 옆방에 있던 백상건이 먼저 움직였다.

"무슨 일인가."

"그간 강녕하셨는지요."

"자네는……."

남매의 재회를 방해하지 않기 위해 먼저 움직였던 백상건이 미간을 좁혔다.

어쩔 줄을 몰라 하는 하인의 옆에 호위 무사를 대동한 석진룡이 서 있어서였다.

그런데 방문한 시기가 참으로 절묘했다.

"지나가는 길에 인사차 들렀습니다. 바쁘지만 그래도 인사는 드려야 할 것 같아서요. 한동안 못 찾아뵙기도 했고요. 팽소저는 안에 계신가요?"

백상건이 내심 고소를 머금었다.

뻔히 다 알면서 모르는 척 말하는 게 웃겼던 것이다.

동시에 하북팽가에 혼담을 넣은 것도 떠올랐다.

'답장이 없으니 궁금하기도 하겠지.'

석진룡이 추진한 혼담은 하북팽가에 잘 전달되었다.

다만 그가 정성스레 쓴 서신은 팽진극이 읽기 무섭게 삼매진화로 불태워 버렸다.

고민할 가치도 없다는 듯이 재로 만들어 버렸던 것이다.

그렇기에 석진룡 입장에서는 애가 탈 수도 있었다.

끼이익.

석진룡이 초조한 기색을 애써 숨기고 있을 때 문이 열리며 두 사람이 모습을 드러냈다.

팽무건과 팽나연이 밖으로 나왔던 것이다.

"오랜만에 뵙습니다, 소가주님!"

"누구?"

"석가장의 석진룡이라고 합니다!"

"아, 일공자시군."

"그렇습니다!"

장래 처남이자 형님이 될지도 모르는 이였기에 석진룡은 그 어느 때보다 우렁찬 목소리로 인사했다.

　대대로 호걸이 많은 하북팽가인 만큼 작은 목소리보다는 크게 말하는 게 점수를 따기에 좋을 거라고 생각해서였다.

　"근데 무슨 일로?"

　"귀한 손님인데 그동안 바쁘다는 핑계로 너무 못 찾아뵌 거 같아서 마침 지나가는 길에 인사하러 들렀습니다."

　"그럼 갈 길 가면 되겠군."

　"예?"

　석진룡이 자기도 모르게 반문했다.

　설마하니 이렇게 바로 축객령을 내릴 줄은 몰랐기에 석진룡은 두 눈을 끔뻑였다.

　"인사는 다 하지 않았나? 아니면 따로 할 말이 있나?"

　"그게, 그러니까……."

　석가장 내에서는 왕자처럼 행동하던 석진룡이었지만 상대는 강호무림에서도 이름 높은 오대세가 중 한 곳인 하북팽가의 소가주였다.

　비록 비공식적으로 방문했다고 하나 그 신분이 어디 가는 것은 아니었기에 석진룡은 평소와 달리 말을 더듬었다.

　"혼담이 어찌 됐는지 궁금해서 그러나?"

　"그것도 있고……."

　석진룡이 두 눈을 굴렸다.

이대로 여기서 물러날 수는 없어서였다.

어떻게든 끈을 만들기 위해 찾아온 만큼 무슨 수를 써서라도 달라붙어야 했다.

'비록 지금은 이렇게 눈치를 보지만 나중에는 달라질 것이다!'

다른 이의 비위를 맞춰 줘야 한다는 사실에 자존심이 상했지만 그럼에도 어쩔 수 없었다.

지금 갑은 팽무건이었다.

그렇기에 석진룡은 늘 수하가 하던 사람 좋은 미소를 지었다.

"혼담은 거절이네."

"역시 그렇습니까. 연락이 오지 않아서 어느 정도는 짐작하고 있었습니다. 하지만 충분히 이해합니다. 부모 마음이라는 게 어떤 이를 데려와도 성에 안 차기 마련이니까요."

넉살 좋게 웃으며 대구하는 석진룡의 모습에 팽무건이 실소를 흘렸다.

말하는 투를 보아하니 아직도 포기하지 않은 것 같아서였다.

하지만 그가 보기에 석진룡과 팽나연의 혼례가 성사될 가능성은 전무했다.

다른 이라면 모를까.

"뭐, 누구나 꿈은 꿀 수 있으니까."

무인환생

"하핫! 맞습니다."

"하나 그게 합석을 허락하는 건 아니니 이만 돌아가 주었으면 좋겠군."

"이렇게 직접 본장을 찾아 주셨는데 대접이 소홀하진 않았나, 대공자로서 걱정됩니다. 그래서 말인데 소가주님과 팽소저, 백 대협께 제대로 된 식사 대접을 해 드리고 싶은데 언제 시간이 가능하신지요?"

계속되는 축객령에도 석진룡은 웃었다.

아무리 그가 안하무인의 성격을 지녔다고 해도 석가의 피가 어디로 가는 것은 아니었다.

또한 무언가를 얻기 위해서는 그에 합당한 대가를 치러야한다는 것을 잘 알았기에 석진룡은 끝까지 웃으며 말을 이었다.

"당장은 말해 주기 힘들고, 따로 일공자에게 연락하겠네."

"알겠습니다. 저는 언제라도 시간을 만들 수 있으니 편하신 시간을 정해서 말씀해 주십시오."

"그러지."

석진룡이 마지막까지 깍듯하게 인사하며 몸을 돌렸다.

하지만 돌아선 후의 표정은 방금 전과 완전히 달랐다.

아랫입술을 강하게 깨물고서 서슬 퍼런 안광을 줄기줄기 내뿜었던 것이다.

"속내가 너무 훤히 보이는데."

"그러니까."

"쉽게 포기할 거 같지 않던데?"

"제가 포기 안 하면 어쩔 건데."

팽나연이 코웃음을 쳤다.

다른 여자라면 석가장의 일공자가 대단하다 여기겠지만 그녀는 아니었다.

게다가 그녀는 자기보다 약한 남자는 남자로 보지도 않았다.

"이 모습을 석 공자가 봐야 하는데."

"무슨 소리를 하는 거야?"

"이왕 나온 김에 가 보자. 너도 갈 거 아냐?"

매섭게 눈을 흘기는 여동생의 시선을 가볍게 흘려 넘기며 팽무건이 말했다.

이렇게 밖으로 나온 참에 찾아가는 것도 나쁘지 않을 것 같아서였다.

호승심이 다시 끓어오르기도 했고.

"꼭 가야겠어?"

"아버지께서 신신당부하신 내용이기도 해. 나보고 직접 보고 오랬어."

"거짓말 아냐?"

팽나연이 의심의 눈초리를 거두지 않았다.

즉시 확인할 수 없다는 점을 이용해 거짓말을 하는 건 아

무인환생

닐까 싶었던 것이다.

"내가 뭐 하러 거짓말을 해? 그리고 굳이 네가 아니더라도 안내해 줄 사람은 많아."

팽무건의 시선이 주변을 훑었다.

바삐 움직이는 하인들, 하녀들에게로 말이다.

그 모습에 팽나연은 걱정이 가득한 표정으로 어쩔 수 없이 발을 뗐다.

"합! 하압!"

평상에 편히 앉은 석진호가 날카로운 눈으로 앞마당에서 도를 휘두르고 있는 정마룡을 쳐다봤다.

노추삼을 이기고서 자만에 빠지지 않을까 석정했는데 다행히 그런 기색은 없었다.

오히려 그 일이 있기 전보다 더욱 열심히 수련에 매진했다.

"나쁜 습관이 없어서 좋기는 한데, 역시 크게 늘지는 않네."

정마룡이 얼마나 열심히 노력하는지는 석진호가 가장 잘 알았다.

아침저녁으로 탁윤과 함께 매일 수련하는 게 바로 정마룡이었다.

원래 하던 일을 다 하면서 말이다.

하지만 그런 노력에도 불구하고 진전은 그리 크지 않았다.

"으아압!"

"엄청 열심이죠?"

"재능이 없으니 노력이라도 해야지."

"노력도 재능이에요. 아무리 재능이 넘쳐도 결국 노력하지 않으면 빛 좋은 개살구일 뿐이니까요."

어느덧 더위가 성큼 다가온 날씨에 소하정이 빙긋 웃으며 쟁반에 가져온 냉수 한 잔을 석진호에게 건넸다.

그러면서 흐뭇한 눈으로 열심히 땀을 흘리고 있는 정마룡과 탁윤을 쳐다봤다.

수련조차도 시끄러운 정마룡과 달리 탁윤은 늘 그렇듯이 묵묵히 권법과 보법을 연마하고 있었다.

하지만 석진호의 눈에는 두 사람이 아닌 어느새 더욱 짙어진 소하정의 눈주름이 보였다.

"유모."

"왜 그러세요, 도련님?"

"몸에 좋은 것 좀 가져다줄까? 영약은 구해도 감당하기 힘들겠지만 몸에 좋은 약초들은 분명히 큰 도움이 될 거야."

"얼굴 주름 때문에 그러세요? 에이, 괜찮아요. 이제 저도 내년이면 불혹이에요, 불혹. 이 나이에 이 정도 피부면 나름 좋다고요. 그리고 사람은 나이를 먹을수록 늙는 게 당연한 거예요. 자연의 이치죠."

武人還生
무인환생

"보통은 어떻게든 젊어 보이려고 하지 않나?"

석진호가 고개를 갸웃거렸다.

수많은 생을 살아왔지만 대부분의 여인들은 비슷했다.

백인백색이라 할 정도로, 예쁘건 못생기건 늘 아름다움을 갈망하고 남들에게 예뻐 보이기를 원했다.

그런데 소하정은 정반대였다.

"제가 젊어 보여서 어디에 쓴대요? 이미 혼기는 지났고, 애도 낳을 수 없는 석녀의 몸인데요. 저는 그저 도련님과 도련님의 자식을 돌보는 게 꿈이에요."

"결혼을 한다고 해서 꼭 아이를 낳아야 한다는 법은 없어. 청춘은 스스로가 정하는 거야. 남들의 눈초리와 편견이 정해 주는 게 아니라."

"흐음, 오늘따라 왜 이렇게 어른스러우실까?"

소하정이 징난스럽게 웃었다.

근래 들어 애늙은이 같은 말을 자주 하기는 했으나 오늘은 유독 심한 것 같아서였다.

"이제는 철들 때도 됐지. 그렇게 유모를 힘들게 했는데."

"사실 도련님이 어릴 때는 그렇게 힘들었는데, 지금 생각해 보면 행복하고 즐거웠어요. 어떻게 보면 오롯이 저와 도련님만의 시간이자 추억이니까요. 막상 다시 하라고 하면 못할 것 같지만 지금은 그래요."

"나는 돌아가면 절대 그딴 철부지 짓은 안 할 거야."

자신이 한 행동은 아니지만 기억에는 선명하게 남아 있었다.

그렇기에 석진호는 몸을 부르르 떨었다.

단지 떠올리는 것만으로도 부끄러움이 전신을 가득 채워서였다.

"호호호! 그건 모르는 거예요. 지금이야 그렇게 생각하신다지만 그때도 과연 그럴까요?"

"그럴지도 모르겠군. 그럼 지금이라도 잘 챙겨 줄 수밖에. 몸보신용 식재료 좀 가져다 달라고 하고. 이제는 달라고 하면 바로 줄 테니."

"저는 지금 정도로도 행복해요. 굳이 값비싼 식재료가 아니라고 해도요."

"나도 먹고 싶어서 그래. 애들도 먹일 겸. 매일 똑같은 것만 먹을 수는 없잖아. 가끔은 좀 새롭고 비싼 것도 먹어야지."

소하정이 고개를 주억거렸다.

확실히 한창 먹을 때인 정마룡과 탁윤을 생각하면 음식은 많을수록 좋았다.

매일같이 찾아오는 두 사람의 먹성도 보통이 아니었고 말이다.

인원은 둘이지만 팽나연과 백상건이 먹는 양은 네 사람이 먹는 것보다 훨씬 많았다.

무인환생

"오늘은 좀 늦으시네요."

"호랑이도 제 말 하면 온다더니. 근데 인원이 한 명 더 늘었군."

"……한 명 더요? 어, 음식 재료가…….”

한 명이 더 추가되었다는 말에 소하정의 얼굴이 굳어졌다.

만약 그 한 명의 먹성이 팽나연과 백상건에 필적한다면 지금의 식재료만으로는 부족할 게 뻔해서였다.

"모자라면 가져다 달라면 되지. 내총관의 이름을 팔아서 말이야. 게다가 다른 곳도 아니고 하북팽가의 사람이 두 명이나 있는데.”

"그럼 미리 준비해야겠네요. 요리하는 시간도 있으니."

소하정이 자리에서 부리나케 일어났다.

그러고는 수련 중이던 정마룡과 탁윤을 불렀다.

"석 공자님! 저 왔어요!”

"허허허, 저도 왔습니다.”

"실례하겠습니다.”

이제는 옆집인 양 편하게 들어오는 팽나연과 백상건의 옆에 거구의 청년이 나란히 걸어 들어왔다.

팔척장신이라는 말이 절로 떠오를 정도의 거구에, 막 처소를 나가려던 정마룡과 탁윤이 입을 쩍 벌렸다.

백상건도 거한이라 부르기에 모자람이 없는데 청년은 그런 백상건보다 머리 하나는 족히 더 컸던 것이다.

"제 오빠예요, 석 공자님."

"처음 뵙겠습니다. 팽무건이라고 합니다."

"반갑습니다. 석진호라고 합니다."

이제는 익숙한 시선이라는 듯이 탁윤과 정마룡의 시선을 아무렇지 않게 넘긴 팽무건이 팽나연의 소개에 옅은 미소를 머금으며 포권을 했다.

그런데 그의 두 눈에는 이채가 서려 있었다.

자신이 하북팽가의 소가주라는 걸 모르지 않을 텐데도 석진호의 태도는 딱히 특별하지 않아서였다.

딱 아는 여자의 오빠를 대하는 듯한 모습에 팽무건은 내심 흥미롭다는 표정을 지었다.

"우선 갑자기 찾아와서 죄송합니다. 먼저 연락을 했어야 했는데 중간에 전달이 안 될 가능성이 조금 있어서요. 이미 전례가 한번 있기도 하고요."

"괜찮습니다. 저도 처음이 아닌지라."

"하하하하!"

은근슬쩍 여동생을 쳐다봤던 팽무건이 너털웃음을 터트렸다.

어째서 처음이 아니라고 하는지 그는 단박에 이해했던 것이다.

"방이 좁을 것 같아서 그러는데, 평상도 괜찮으시겠습니까? 보면 아시겠지만 제 방이 그리 크지 않은지라. 응접실도 따로 없는 형편이고."

"괜찮습니다. 오히려 밖이 시원하고 좋습니다. 아직은 햇살이 따갑지 않은 수준이니까요."

"넷이 앉아도 부서지지는 않을 겁니다. 나름 튼튼하게 만들어진 평상이라."

"부서지면 큰오빠 때문이에요. 저희 셋이 앉을 때는 멀쩡했으니까요."

팽나연이 슬쩍 대화에 참가했다.

두 사람이 대화하는 걸 보니 크게 걱정하지 않아도 될 것 같아서였다.

잠시 후 소하정이 세 사람이 마실 차를 내왔다.

'흐음, 겉보기에는 평범한데 말이지.'

똑같은 크기였지만 그가 드니 이상하게 작아 보이는 찻잔을 들고서 팽무건이 석진호를 힐끔거렸다.

태양혈이 밋밋한 것도 그렇고 대단한 기세를 풍기지도 않아 언뜻 보면 무인이 아닌 범인처럼 보였다.

하지만 그의 본능이 말해 주었다.

지금 눈앞에 있는 석진호는 결코 그의 아래가 아니라고 말이다.

'거기다 백 호법님께서 말씀하셨지. 내강(內罡)을 자유자재로 사용하는 고수라고. 그 말인즉 최소 검기성강의 수준이자 육룡에 버금가는 무위.'

육룡 중 실제로 강기를 선보인 후기지수는 셋뿐이었다.

그러나 대부분의 사람들은 여섯 모두 가능하지 않을까 짐작했다.

굳이 세인들에게 전력을 드러낼 필요는 없었고, 기본적으로 무인은 한두 수 정도는 숨겨 두는 게 비일비재했기에 여섯 모두 검기성강의 경지는 무난히 올랐을 거라 생각했다.

또한 팽무건 역시 그 정도까지는 아니나 엇비슷한 수준이었다.

'나보다 최소 한 수 위의 실력자란 말이지.'

팽나연에 이어 백상건의 말을 듣자 그는 호승심이 솟구쳤다. 더구나 그보다 나이까지 어렸기에 팽무건은 더더욱 붙어 보고 싶었다.

하지만 아직은 때가 아니었다.

무릇 모든 일에는 절차가 있는 법이었다.

'팽가의 사람들이 무식하고 못돼 먹었다는 말은 나의 대에서 끊어야 한다.'

하북팽가에 대한 편견 아닌 편견이 존재한다는 걸 어려서부터 잘 알았던 팽무건이다.

또한 그게 그리 틀리지 않는다는 사실도.

하지만 그렇다고 해서 변하려고 노력하지 않는다는 건 말도 안 되었다.

천 리 길도 한 걸음이라는 속담처럼 팽무건은 자신이라도

武人還生
무인환생

나서서 조금씩이나마 바꿔 갈 생각이었다.

"가주님께서 걱정하지 않으십니까? 벌써 한 달 넘게 석가장에서 지내고 계신데."

"나연이는 뭐라고 합니까?"

"걱정 안 하신다고 하더군요."

팽무건은 대답 대신 오히려 물었다.

여동생이 어떻게 대답했는지 궁금해서였다.

그런데 역시나 예상했던 말이 석진호의 입에서 흘러나왔다.

"걱정 많이 하고 계십니다. 다만 하나뿐인 막내딸이라 어쩌지를 못할 뿐이지요. 사실 본가에서 아버지의 서열은 세 번째에 불과합니다. 세간에 알려진 사실과는 다르죠. 아주 많이."

"세 번째요?"

"예. 서열 일 위는 어머니입니다. 두 번째는 나연이고요."

"무슨 소리……!"

말도 안 되는 헛소리에 반박하려던 팽나연이 순간 황급히 입을 막고서 조신하게 고개를 숙였다.

하지만 힐끔거리는 눈빛은 아주 살벌했다.

마치 나중에 두고 보자는 듯이 말이다.

그러나 여동생의 그런 눈빛에도 팽무건은 웃었다.

"보셨죠? 아, 저는 더 이상 말하지 않겠습니다. 아무 말도 안 했고요."

"후후후."

전형적인 현실 남매의 모습을 보여 주는 두 사람의 모습에 석진호가 실소를 흘렸다.

나름 구경하는 재미가 있었던 것이다.

석가장과는 분위기가 사뭇 달라 보이기도 했고.

"저도 궁금한 것이 있는데 여쭈어봐도 되겠습니까?"

"얼마든지요."

"혹시 제 동생이 민폐를 끼치지는 않았습니까? 얘가 순수한 만큼 저돌적인 면모가 있어서 무작정 들이대는 경향이 있어서요."

"민폐까지는 아닙니다. 처음에는 조금 당황하기는 했었지만요. 요즘에는 저도 도움을 많이 받고 있고요."

민폐라는 단어가 무엇을 뜻하는지 석진호는 곧장 알아들었다.

하지만 딱히 민폐라고 생각하지는 않았다.

적어도 모른 척하거나, 구해 주었더니 되레 보따리를 내놓으라는 식의 사람보다는 훨씬 낫다고 생각했다.

적어도 은혜를 입었음을 안다는 뜻이었으니까.

"그렇게 봐주신다니 다행입니다. 사실 나연이가 무작정 떠난 것이었거든요."

"하긴. 그렇게 보이기는 했습니다."

武人還生
무인환생

팽나연의 얼굴이 붉어졌다.

이미 진즉에 사과를 하긴 했지만 다시 떠올리자 얼굴이 화끈 달아올랐다.

"그래도 성격은 착합니다."

"그건 알고 있지요."

"조금 과격하기는 한데……."

팽무건의 한쪽 입꼬리가 꿈틀거렸다.

요망하게도 석진호의 시선이 닿지 않는 등을 팽나연이 꼬집어서였다.

심지어 진기까지 실었는지 살이 떨릴 정도의 고통에 팽무건이 어색하게 웃었다.

"무슨 말이야, 오빠?"

"농담이야, 농담. 하하하!"

석진호가 눈을 살짝 크게 떴다.

왠지 모르게 팽무건의 모습에서 묘한 위화감이 느껴져서였다.

"난 재미없으니까 농담은 그만하지?"

"알았다, 알았어. 흠흠!"

은근한 살기가 담겨 있는 여동생의 말투와 눈빛에 팽무건은 놀리는 건 이쯤 하기로 했다.

이 이상은 그조차도 위험했기에 안전을 위해서 멈추는 게 맞았다.

대신 팽무건은 석진호의 허리춤에 걸려 있는 검을 힐끔 쳐다보며 고민했다.

어떻게 말을 꺼내야 하나 고민하는 기색이었다.

'일단 나연이랑 가볍게 몸을 풀까? 자연스럽게 분위기를 만들 겸. 그런데 남의 집에 와서 대련을 하는 것도 좀 이상한데.'

팽무건의 머리가 팽팽 돌아갔다.

어떻게 하면 자연스럽게 분위기를 만들 수 있을까 고민하는 것이었다.

그런데 그때 석진호가 마치 그의 속내를 꿰뚫어 본 것처럼 말했다.

"점심 식사 시간 전까지 시간이 좀 있으니 한번 어울려 보시겠습니까?"

"저는 좋습니다!"

먼저 운을 떼는 말에 팽무건이 냉큼 받아들였다.

안 그래도 어떻게 말을 꺼내야 하나 고민하고 있었기에 그는 망설이지 않았다.

몸을 푸는 팽무건과 팽나연 남매를 보며 석진호 역시 가볍게 목을 꺾었다.

그러면서 한가득 짐을 지게에 싣고 들어오는 두 사람을 쳐다봤다.

팽무건과의 비무가 단순히 몸 풀기 정도의 용도밖에 되지

무인환생

않음에도 그가 먼저 제안한 것은 다름 아닌 탁윤과 정마룡 때문이었다.

이제 막 무공에 발을 들였다고 볼 수 있는 두 사람이었기에 이번 비무를 지켜봄으로써 적지 않은 걸 얻을 수 있을 것이 분명했다.

'내가 말하지 않았어도 결국 대련을 했을 것이기도 했고. 그렇다면 먼저 말해서 생색을 내는 게 낫지.'

수많은 환생을 겪으며 마찬가지로 수없이 많은 무인들을 만났던 석진호였다.

그런 그가 팽무건의 두 눈에 서린 호승심을 알아차리지 못할 리 없었다.

결국에는 어떻게든 말을 꺼냈을 것이 분명하기에 석진호는 먼저 선수를 쳤다.

어차피 비무를 하게 될 거 생색이라도 내자고 말이다.

"저는 준비 다 되었습니다, 석 공자님."

"저도 되었습니다."

"다음에 저도 부탁드려도 될까요?"

오라비와 함께 몸을 풀던 팽나연이 초롱초롱한 눈으로 쳐다봤다.

매일같이 하는 대련이었지만 그녀는 지겹기는커녕 늘 새로웠다.

석진호와 대련을 할 때마다 자신의 부족한 점을 너무나 절절히 느낄 수 있었기에 그녀는 간절한 눈빛으로 쳐다봤다.

"그러지요."

"감사합니다!"

"우선은 내가 먼저니까."

"결과야 뭐, 불 보듯 뻔하니까."

"……응원도 안 해 주는 거냐."

이미 승패가 결정 났다는 듯이 말하는 여동생의 모습에 팽무건이 헛웃음을 흘렸다.

아무리 그래도 자신은 친오빠인데 너무 석진호 편을 들어주는 것 같아서였다.

그러나 그의 투덜거림에도 팽나연은 당당했다.

"응원을 해서 달라질 결과가 아니거든. 오빠는 모르지만 난 석 공자님의 실력을 어느 정도 알아. 근데 오빠가 이길 가능성은, 글쎄. 한 일 할 정도? 이것도 많이 준 거야. 친오빠라서."

손가락을 빙빙 돌리며 말하는 여동생의 모습에 팽무건은 그 어느 때보다 투지가 치솟았다.

원래부터 질 생각이 없었지만 지금은 어떻게든 이겨야겠다는 생각이 들었다.

아무리 석진호가 여동생의 목숨을 구해 준 은인이라고 하더라도 말이다.

'예의도 중요하지만 승부의 세계는 냉정하니까.'

팽무건의 눈빛이 달라졌다.

방금 전까지의 정중했던 기세는 사라지고 투지가 맹렬하게 솟구쳤다.

"어후."

"장난 아니네요."

보는 것만으로도 살이 떨리는 투지를 내뿜는 팽무건의 모습에 가져온 식재료를 다 정리한 탁윤과 정마룡이 질린 표정을 지었다.

그 정도로 팽무건에게서 흘러나오는 투지는 대단했다.

봉우룡과도 비교할 수 없을 정도로 말이다.

"슬슬 시작할까요."

석진호의 시선이 백상건에게로 향했다.

시작도 알려 줄 겸 심판을 봐 달라는 눈빛에 백상건이 미약하게 웃으며 입을 열었다.

"제가 셋을 세겠습니다. 하나, 둘, 셋!"

파아아앗!

백상건이 셋을 외치는 것과 동시에 두 사람이 땅을 박찼다.

서로가 서로를 향해 달려들었던 것이다.

그 모습에 팽무건이 의외라는 표정을 지었다.

체격 차이가 현격한 만큼 당연히 정면 대결을 피할 거라고 생각했었다.

그런데 석진호는 그 예상을 박살 내듯 당당히 정면 대결을 펼쳐 왔다.

'물론 나는 좋지만!'

하북팽가를 변화시키겠다는 포부를 가진 팽무건이었지만 그 역시 팽가의 일원이었다.

그렇기에 지지부진한 대결보다는 화끈한 대결을 선호했다.

쌔애액!

무지막지한 근력에 소가주에게만 허락된 하북팽가 최고의 신공인 혼원벽력신공(混元霹靂神功)의 진기가 가세했다.

그러자 가히 태산도 쪼갤 법한 참격이 펼쳐졌다.

꽈아아앙!

하지만 석진호는 그런 팽무건의 일격을 피하지 않았다.

아직 몸이 제대로 만들어지지 않았으나 그렇다고 팽무건의 참격을 감당하지 못할 정도는 아니었다.

게다가 석진호의 공력은 하루가 다르게 쌓이는 와중이었기에 밀리기는커녕 오히려 정면에서 팽무건을 밀어붙였다.

"크윽!"

생각지도 못한 결과에 당사자인 팽무건은 물론이고 한껏 집중해서 지켜보던 팽나연과 백상건도 두 눈을 부릅떴다.

설마하니 정면 대결에서 석진호가 팽무건을 압도할 줄은 몰라서였다.

무인환생

하지만 아직 놀라기는 일렀다.

파파파팟!

첫 충돌로 팽무건을 밀어낸 석진호는 곧바로 화려한 검세를 일으켰다.

빠르고 강맹하면서도 현란하게 피어오르는 검세에 팽무건의 얼굴이 석상처럼 굳어졌다.

빈틈이라고는 전혀 보이지 않는 완벽한 공격에 일순 기가 질린 것이었다.

꾸욱!

하나 그렇다고 마냥 가만히 있지는 않았다.

석진호가 뿌리는 검세가 범상치 않다지만 그 역시 천하를 호령하는 절학을 익힌 몸이었다.

더구나 향후 하북팽가의 주인이 될 몸이기도 했고.

'비천맹호라는 별호를 거저 얻은 게 아니다!'

쑤아아앙!

서서히 공간을 옥죄어 오는 석진호의 검세를 마주하며 팽무건이 도를 들어 올렸다.

팽나연의 거패도보다 반 배는 족히 더 큰 그의 애병에서 황금빛 도기가 번쩍이더니 석진호의 검세를 찍어 눌렀다.

쫘아아앙!

검기와 도기의 충돌에 굉음과 함께 폭발이 일었다.

힘 대 힘의 대결에 단순히 돌을 쌓아 올린 담벼락이 일순 흔들렸다.

동시에 백상건이 번개같이 움직여 부엌을 가렸다.

혹시라도 일반 양민인 소하정에게 피해가 갈까 싶어 충격파를 막은 것이었다.

"으헙!"

"읍!"

반면에 정마룡과 탁윤은 진짜 무인들의 대결에 이를 악물고 버텼다.

전신에서 느껴지는 저릿한 감각을 느끼며 굉음을 어떻게든 견뎌 냈던 것이다.

콰콰콰쾅!

두 사람이 힘겹게 굉음과 충격파를 견뎌 내고 있을 때 석진호는 팽무건과 접전을 벌이고 있었다.

팽무건의 거패도에서 솟구친 다섯 줄기의 도기를 차례대로 박살 내며 석진호는 점차 안으로 파고들었다.

팔 길이는 물론이고 병장기의 길이 역시 차이가 상당하기에 석진호로서는 다가갈 수밖에 없었다.

터엉! 텅!

그걸 팽무건은 어떻게든 방해하려고 했고 말이다.

지금 이 거리에서도 위협적인데 안으로 파고들면 자신이 불리할 것이 자명하기에 팽무건은 어떻게든 이 간격을 유지하려고 했다.

무인환생

그로 인해 펼쳐지는 건 현란한 보법 대결이었다.

석진호는 다가가려고 하고, 팽무건은 간격을 유지하려고 하니 치열한 공간 대결이 펼쳐졌다.

'절대 허락해서는 안 돼. 무조건 이 간격을 사수해야 한다.'

팽무건의 표정이 진지해졌다.

만만치 않은 상대라는 건 진즉부터 알고 있었지만 직접 겪어 보니 상상했던 것 이상이었다.

게다가 팽무건은 선명하게 기억하고 있었다.

석진호가 흑오채로 향했을 당시 맨손이었다는 사실을 말이다.

'권장각에도 능하다고 봐야 해. 그러니 간격이 좁혀지면 내가 불리하다.'

무기가 큰 만큼 제대로 된 위력을 발휘하려면 거리는 필수였다.

그래야 타격을 제대로 할 수 있었기에 팽무건은 더욱 빠르게 두 다리를 놀렸다.

자신에게 최적화된 간격을 차지하고 석진호에게 유리한 거리를 주지 않기 위해서 그는 전력을 다해 혼원보(混元步)를 펼쳤다.

하지만 그마저도 쉽지 않았다.

스스스슥!

검술 못지않게 석진호의 보신경 역시 날카로웠던 것이다.

게다가 더 놀라운 점은 시간이 흐를수록 그의 오호단문도 (五虎斷門刀)에 적응한다는 점이었다.

정작 그는 석진호가 펼치는 검공이 눈에 제대로 익지도 않았는데 말이다.

'이게 말이 돼?'

팽무건의 두 눈동자가 격렬하게 흔들렸다.

보고도 믿을 수 없는 광경에 크게 동요했던 것이다.

더불어 그의 도세 역시 흔들리기 시작했다.

평정심이 깨지자 오호단문도는 물론이고 보법 역시 흔들렸으나 정작 팽무건은 그 사실도 인지하지 못하고 있었다.

'흠, 오호단문도라. 오랜만이군.'

한편 당혹감을 감추지 못하는 팽무건과 달리 석진호의 얼굴에는 여유가 가득했다.

전생에 몇 번 경험해 보기도 했었고, 그때 겨루거나 직접 본 오호단문도의 수준은 지금과 감히 비교할 수 없을 정도였다.

극성을 넘어 대성을 이룬 오호단문도를 직접 겪어 봤던 그였기에 검기성강도 이루지 못한 팽무건의 오호단문도는 딱히 위협이 되지 않았다.

아직 제대로 만들어지지 않은 몸으로도 받아 내기가 어렵지 않을 정도로 말이다.

'하지만 그렇다고 순순히 끝낼 수는 없지.'

무인환생

팽나연과 매일같이 대련을 하기는 했지만 사실 긴장감은 거의 없었다.

승부를 가리기보다는 팽나연이 배운다는 듯이 대련에 임했기 때문이었다.

그러나 지금은 달랐다.

팽무건이 어떻게든 이기겠다는 듯이 달려드는 만큼 석진호 역시 그 투지에 응할 필요가 있었다.

'겸사겸사 감각도 깨우고 말이지.'

그나마 도움이 되는 상대라면 백상건이 있었지만 아쉽게도 지난번 실력 발휘 때 이후로 대련을 한 적은 없었다.

석진호가 먼저 말을 꺼내지 않기도 했지만 백상건이 자신보다는 팽나연과 어울려 주기를 원해서였다.

그러던 찰나에 팽무건이 나타났기에 석진호는 오랜만에 제대로 몸을 풀기로 마음먹었다.

카카카캉!

그로 인해 팽무건의 얼굴이 고통으로 일그러졌다.

힘에서도, 기술에서도 밀리니 수세에서 벗어날 수가 없었던 것이다.

하지만 그럼에도 팽무건은 웃었다.

오랜만에 느끼는 살 떨리는 긴장감에 즐거웠던 것이다.

"하아압!"

게다가 그 상대는 그보다도 어린, 심지어 무명소졸이나 마찬가지인 석진호였다.

그러나 팽무건은 그 사실을 머릿속에서 지워 버렸다.

지금은 한 명의 무인으로만 생각하며 전력을 다해 오호단문도를 펼쳤다.

쿠아앙!

이윽고 팽무건의 거패도에서 네 줄기의 도기가 치솟으며 석진호의 검세를 찢어발겼다.

전세를 뒤집겠다는 듯이 팽무건이 승부수를 띄운 것이었다.

하지만 호랑이의 형상은커녕 도강도 아닌 초식에 당할 석진호가 아니었다.

쩌어어억!

살벌한 기세로 쇄도하는 다섯 개의 도기를 석진호는 무참히 박살 냈다.

단순한 횡베기로 하북팽가의 상승 절학인 오호단문도를 격파했던 것이다.

동시에 뒤로 밀려나는 팽무건을 향해 전광석화처럼 파고들어 검을 뻗었다.

"……졌습니다."

마치 하나의 초식처럼 유려하게 이어지는 공격에 팽무건이 무거운 얼굴로 패배를 시인했다.

만약 실전이었으면 진즉에 목이 꿰뚫리고도 남았음을 너

무나 잘 알아서였다.

그런데 시인한 후의 그의 표정은 개운했다.

전력을 다했기에 미련이 없었던 것이다.

"수고하셨습니다."

"고생하셨습니다. 그리고 정말 많이 배웠습니다."

한 폭의 그림처럼 부드럽게 납검하는 석진호의 모습에 팽무건이 거패도를 집어넣으며 눈을 빛냈다.

팽나연에게 귀가 닳도록 얘기를 듣기는 했지만 직접 겪어 보니 예상했던 것 이상이었다.

자신이 패배한 게 당연하게 느껴질 정도의 확연한 격차에 팽무건은 두 눈을 반짝이며 석진호에게 말을 걸었다.

"아닙니다. 저야말로 좋은 경험을 했습니다."

"하핫! 그건 제가 해야 할 말 같은데요. 진짜 이렇게 속수무책으로 밀려 본 적은 처음입니다. 육룡들과 대련할 때도 이 정도는 아니었는데 말이죠. 그런데 웃긴 건 화도 안 난다는 겁니다."

팽무건이 호탕하게 대답했다.

무인은 무를 겨뤄 보면 상대에 대해서 어느 정도는 알 수 있었다.

기본적인 성향에 대해서 말이다.

그렇기에 팽무건은 석진호가 마음에 들었다.

'어쩌면 가족이 될지도 모르고.'

처음에는 남자를 발끝의 때만도 못하게 여기는 팽나연을 철부지에서 여자로 만들어 주었다는 사실에 호감을 가졌었다.

물론 쌍색귀에게서 구해 주었기에 고마움은 저변에 당연히 깔고 있었고.

그런데 직접 겨뤄 보니 실력까지 출중했다.

"화가 나면 안 되지. 실력 차이가 그렇게 많이 나는데."

"너무 석 공자 편을 드는 거 아냐?"

"난 사실을 말했을 뿐인데?"

"뭐, 좋아. 잘한 게 있으니 까탈스러운 건 그냥 넘어가 주마."

팽나연이 두 눈을 껌뻑거렸다.

이게 무슨 소리인가 하는 표정이었다.

하지만 팽무건은 설명 대신 의미심장한 미소만 지었다.

武人還生
무인환생

제17장 초대장

이제는 여름이라고 해도 과언이 아닐 정도의 더위에 장원을 가로지르는 하인들, 하녀들의 옷차림이 가벼워졌다.

또한 흑휘 역시 햇살을 쬐기보다는 그늘에 늘어지는 시간이 길어졌다.

그르렁. 그르렁.

물론 해가 떠 있는 대부분의 시간을 늘어져 있음에도 석진호에게 애교를 부리는 건 칼같이 지켰다.

잠을 잘 때도 같이 자고 일어날 때도 같이 일어나면서 말이다.

그리고 하루에 한 번씩 꼭 안마를 하듯 그의 몸을 꾹꾹 눌렀다.

"흑휘야, 너 과식하는 건 아니지? 살이 좀 찐 거 같기도 하고."

골골거리며 허벅지를 꾹꾹 누르는 흑휘를 내려다보며 석진호가 중얼거렸다.

영물인 만큼 굳이 밥을 챙겨 주지 않아도 흑휘는 알아서 끼니를 챙겼다.

매일같이 찾아오는 팽나연이나 요즘 들어 자주 방문하는 석미룡이 어떻게든 애교 한 번을 보겠다고 간식을 주기도 했지만 간간이 사냥을 하기도 했다.

장원을 오가는 전서구는 잡아먹지 말라고 해서 사냥하지 않았지만 그 외에는 전부 다 흑휘의 먹잇감들이었다.

냐아옹.

석가장 장원 전체가 자기 영역이라도 되는 양 밤마다 싸돌아다니며 야식을 챙겨 먹는다는 사실도 알았기에 석진호가 슬쩍 흑휘의 배를 확인했다.

늘어진 게 뱃살인지 털인지 확인해 보기 위해서였다.

근데 그 손길이 간지러운 모양인지 흑휘가 몸을 뒤틀었다.

남에게는, 심지어 소하정에게도 배는 허락하지 않지만 석진호만은 달랐다.

"살은 아니네."

야옹!

"털 반 근육 반이라고?"

무인환생

냐아옹!

가볍게 쓸어서 배를 확인한 석진호가 피식 웃었다.

어째 의사소통이 되는 것 같아서였다.

"아, 미리 말해 두는데 장원 내에 있는 동물들 너무 괴롭히지 마. 네 수준을 생각해야지. 영물이면 영물다운 품격이 있어야 해. 핏덩이들 괴롭혀서 뭐 할 거야."

그르릉.

이마를 긁어 주는 석진호의 손길이 기분 좋은 모양인지 흑휘가 귀를 쫑긋거렸다.

그 모습이 영락없이 평범한 고양이였지만 석진호는 알고 있었다.

흑휘가 전력을 다한다면 호랑이도 때려잡을 수 있다는 사실을 말이다.

"석가장을 나가면 내 특식을 주마. 아마 맛이 기가 막힐 거다."

냐옹?

특식이라는 말에 골골거리며 손길을 만끽하던 흑휘가 두 눈을 초롱초롱하게 떴다.

말만 들어도 설렌다는 듯이 말이다.

그런 흑휘의 모습에 석진호는 피식 웃으며 목을 살살 긁어 주었다.

"공자님!"

"무슨 일이야?"

감나무가 만들어 준 그늘로 옮긴 평상 위에 편하게 앉아 있던 석진호가 호들갑을 떨며 들어오는 정마룡에게 고개를 들었다.

딱 보니 무언가 일이 생긴 것 같아서였다.

"손님이 오셨습니다. 석 대표두님이요."

"아저씨가?"

"지금쯤 거의 다 오셨을 겁니다."

"갑자기 무슨 일이지?"

"나쁜 일은 아닌 것 같았습니다. 지난번처럼 심각한 표정은 아니었어요."

정마룡이 보고를 하듯이 진지한 얼굴로 말했다.

그러는 사이 월동문 안으로 석덕월이 모습을 드러냈다.

"오랜만이구나, 진호야."

"안녕하세요."

"얼굴이 더 좋아졌는데? 대우가 달라져서 그런가?"

앞마당으로 들어온 석덕월이 넉살 좋게 웃으며 말했다.

확실히 지난번과는 다른 표정에 석진호 역시 옅게 웃으며 앞으로 다가갔다.

"먹는 게 달라지니 피부도 달라지긴 하더라고요."

"예전부터 석가장이 능력제일주의가 팽배하기는 했지. 하지만 능력만 된다면 그것만큼 좋은 것도 없어."

무인환생

"어떻게 보면 약육강식의 다른 말이기도 하니까요."

"맞아. 다만 너무 어린 나이에 굳이 그걸 느낄 필요는 없는데 말이지."

"들어오시죠."

손님을 밖에 세워 둘 수는 없기에 석진호는 앞장서서 방으로 들어갔다.

그리고 정마룡은 소하정에게 손님이 왔음을 알리러 부엌으로 향했다.

드르륵.

"처소를 옮길 생각은 없어?"

"얼마 남지도 않았는데 굳이 번거롭게 옮길 필요는 없을 것 같아서요."

"그래도 원래 지내던 집이 더 좋았잖아."

"옮기면 거기 지내는 녀석을 내쫓는 셈이잖습니까."

자리를 권하며 석진호가 피식 웃었다.

계속 지내면 모를까 굳이 처소를 옮길 필요는 없다고 생각해서였다.

게다가 추억이 있기는 하지만 그의 추억은 아니기도 했고.

"사회에서 경쟁은 피할 수 없어. 뭐, 내가 말하지 않아도 잘 알고 있겠지만."

"실례하겠습니다."

자리에 앉기 무섭게 소하정이 다과상을 내왔다.

그런데 쟁반을 본 석덕월의 두 눈이 휘둥그레졌다.

분명 장소도 같고 사람도 같은데 다과상의 수준이 지난번과는 확연히 달라서였다.

"역시 장주님의 관심을 받는 자식은 다르다는 건가."

"그래 봤자 서출인데요."

"서출이라고 무시하는 사람이 없던데? 태상장주님도 안달복달하신다던데."

"무슨 일로 찾아오신 거예요?"

더 이상 얘기하고 싶지 않다는 듯이 석진호가 화제를 돌렸다.

석풍표국의 대표두씩이나 되는 인물이 아무 이유 없이, 단순히 인사차 왔을 거라고는 생각하기 힘들어서였다.

표행이 상대적으로 적은 겨울이라면 모를까 지금은 한창일이 많을 때였다.

"이걸 전해 주고 싶어서."

"초대장이네요?"

"응. 해마다 날을 정해서 십대표국이 모이거든. 그렇다고 해서 십대표국만 모이는 것은 아니고 다른 표국들도 와. 친목 겸 표국계의 앞날을 의논하는 자리라고나 할까."

"그럼 백마표국도 오겠네요?"

"응."

백마표국이라는 말에 석덕월의 표정이 굳어졌다.

합의를 보기는 했지만 그럼에도 앙금이 완전히 사라지지는 않아서였다.

물론 석풍표국이 많은 걸 얻어 냈지만 그럼에도 석덕월은 부족하다고 생각했다.

"분위기가 가관이겠는데요."

"근데 안 갈 수가 없어. 더구나 우리가 빠질 이유는 없고. 빠진다면 백마표국 녀석들이 빠져야지."

"빠진대요?"

"아니."

석덕월이 헛웃음을 흘렸다.

철면피도 그런 철면피가 없어서였다.

그리고 이 때문에 석진호를 찾아온 것이기도 했다.

"근데 그 자리하고 이 초대장하고 무슨 상관이 있어요?"

"바람 좀 쐬라고. 이번에 모임이 우리 표국에서 열리거든. 이곳에만 있는 거 지겹지 않아?"

"왠지 꼬드기는 거 같은데요?"

"내가 꼬드긴다고 네가 넘어올까?"

"아니죠."

석진호가 씨익 웃었다.

아무리 고마운 사람이라고 해도 호구가 될 생각은 없었다.

게다가 은혜는 흑오채 때 어느 정도 갚기도 했고 말이다.

"와서 한번 구경하라고. 표국 쪽에 대해서 한번 보는 것도 너에게 나쁘지만은 않을 것 같아서. 경험은 다양하게 해 보는 게 좋으니까. 그리고 여기 있어 봤자 여러 사람이 귀찮게 굴 텐데 그럴 바에는 밖에 나오는 게 낫지 않겠어?"

"그렇게 말씀하시니 솔깃하기는 하네요."

"각 표국들에서 난다 긴다 하는 후기지수들이 모이니까 구경하는 재미도 있을 거야. 무림에 이름난 후기지수들 정도는 아니지만, 그래도 실력은 출중해. 구대문파의 속가제자들과 오대세가의 방계가 세운 표국들도 상당히 많고."

"호오."

"어때? 흥미가 생겨?"

"아뇨."

낚시를 하는 듯한 표정으로 석덕월이 말했다.

그러나 석진호는 넘어가지 않았다.

구파일방과 오대세가의 후기지수들도 성에 안 차는데 그보다 못한 이들이 그의 흥미를 끌 리 만무했다.

"미녀도 있어."

"여기에는 도화가 있습니다."

"딱히 관심 있어 보이지 않던데?"

"여자는 이유가 될 수 없다는 걸 말한 겁니다."

석진호가 딱 잘라 말했다.

여자라면, 미녀라면 전생 때 질리도록 만나 본 석진호였다.

그렇기에 팽나연이 자신에게 은인 이상의 감정을 품고 있다는 걸 알고는 있지만 일부러 모른 척했다.

젊은 시절 한때의 풋사랑을 굳이 심각하게 받아들일 필요는 없다고 생각해서였다.

"이상하단 말이지. 나였으면 냉큼 일부터 저질렀을 텐데."

"제 앞에서 못 하는 소리가 없으시네요."

"뭐, 어때. 같은 남자끼리."

"그렇게 잘 아시는 분이 어째서 아직 혼자이실까요."

"끄응!"

말문을 막아 버리는 역공에 석덕월이 앓는 소리를 냈다.

반박할 수가 없는 말에 뭐라 입을 열 수가 없었던 것이다.

"일단 받아는 두겠습니다."

"잘 생각해 봐. 유모에게도 좋은 기회이니까. 이참에 같이 바람 쐬면 좋잖아? 꽤 오랫동안 나간 적이 없을 텐데."

"아……."

석진호의 동공이 흔들렸다.

나름 신경 쓴다고 했는데 그 부분은 전혀 생각지도 못하고 있었다는 걸 깨달아서였다.

호강시켜 준다고 말만 했지 정작 해 준 것이라고는 안마가 전부였다.

거기까지 생각이 닿자 석진호의 눈빛이 달라졌다.

"여기서 석풍표국까지 거리가 그리 멀지는 않으니까 유모한테도 그리 힘들지는 않을 거야. 원하면 마차를 보내 줄 수도 있다. 앞으로 우리의 특급 표사가 될지도 모르는데 마차 정도는 충분히 지원해 줄 수 있지."

"호오."

"아까보다 더 솔깃한 표정인데?"

"사실 갈 생각이 전혀 없었는데, 유모를 거론하니까 마음이 바뀌네요. 생각해 보니 석가장 밖으로 외출을 나간 거라고는 저잣거리가 전부이니."

석진호의 마음이 급격히 기울어졌다.

유람 삼아 다녀오는 것도 나쁘지는 않을 것 같아서였다.

"내가 다 그것까지 감안해서 온 거야. 대표두인 내가 말이지."

"다른 꿍꿍이속이 있는 건 아니고요?"

"흠흠! 나나 국주님이나 한 번은 제대로 대접하고 싶어서. 흑오채도 일만 해결하고 바로 여기로 왔잖아. 팽 소저랑 백 대협을 데리고."

"제 할 일은 다 했다고 생각해서."

"우리 입장도 생각해 줘야지. 나는 너야 친하다고 하더라도 국주님 체면도 있는데."

석진호가 고개를 주억거렸다.

말을 들어 보니 틀린 말은 아니었다.

신분이 높아질수록 그에 비례하여 체면 역시 중요시하게

무인환생

되니까.

"알겠습니다. 진지하게 고민해 보도록 하겠습니다."

"고민만 하지는 말고."

"긍정적으로 생각해 보겠습니다."

"그래. 다만 미리 언질은 해 줘. 그래야 마차도 보내고 우리도 손님맞이할 준비를 하지."

석진호의 마음이 상당히 기울어졌다는 것을 눈치챈 모양인지 석덕월도 더 이상 강요하지는 않았다.

다만 차를 비우기 무섭게 자리에서 일어났다.

"가시려고요?"

"바쁜데 이거 주려고 잠깐 들른 거야. 다른 사람은 만나지도 않고 오로지 너를 보려고."

"그렇게 말씀하셔도 전혀 감격스럽지 않은데요."

"까칠하기는."

고작 열일곱 주제에 애늙은이처럼 말하는 석진호의 모습에 석덕월이 코웃음을 쳤다.

그런데 신기한 건 벌써 이런 모습에 적응이 되었다는 점이었다.

"멀리 안 나가겠습니다."

"그래. 이왕이면 석풍표국에서 보자."

석진호는 대답하지 않고 그저 미소로 대신했다.

잠시 후 석덕월이 나가자 석진호는 조용히 생각에 잠겼다.

덜컹덜컹.

쫙 트인 대로를 가로지르는 사두마차 안에서 소하정이 연신 두 눈을 빛내며 창밖을 구경했다.

오랜만의 외출이기도 했지만 이렇게 사두마차를 타 본 적은 처음이었기에 그녀는 얼굴 가득 신기하다는 표정을 지었다.

"세상에나. 내가 사두마차를 다 타 보게 되다니. 이게 웬일 이라니, 윤아."

"저도 사두마차는 처음이에요. 우마차를 몰면 몰았지 타 본 적은 없어요."

"저도요."

탁윤과 정마룡도 마차 안은 물론이고 창밖을 두리번거리 는 걸 멈추지 않았다. 우마차도 타 본 적이 없는 두 사람이었 기에 소하정과 마찬가지로 신기해했던 것이다.

반면에 석진호는 익숙하다는 듯 홀로 평온하게 앉아 있었 다.

"도련님도 사두마차는 처음이지 않으세요?"

"마차가 다 거기서 거기지. 기술력이 조금 차이가 나기는 하겠지만, 뭐 비슷할 거야."

"되게 다양한 마차를 타 보신 것처럼 말씀하시네요."

"석풍표국에 도착할 즈음이면 지겨워질걸. 아마 집에 갈 때는 다들 늘어져서 자게 될 거야."

느긋하게 팔짱을 끼고 앉아 있던 석진호가 장담하듯 말했다.

그리고 그의 곁에는 마차를 처음 탔음에도 세상 편하게 잠들어 있는 흑휘가 있었다.

"전 안 그럴 것 같아요. 언제 또 제가 이런 화려한 마차를 타 보겠어요?"

"앞으로는 지겹게 타게 될 거야. 내가 그렇게 만들 테니까. 잊었어? 내가 유모 호강시켜 준다고 약속했잖아."

"그랬었죠."

소하정이 눈을 빛냈다.

사실 그때는 그냥 치기 어린 말이라고 생각했다.

하지만 불과 반년 만에 석진호는 너무나 많은 걸 변화시켰다.

자기 스스로는 물론이고 그녀와 탁윤도.

"그러니까 너무 놀라지 마. 이제 시작에 불과한데. 그리고 이건 너희 둘도 마찬가지야. 별것도 아닌 거 가지고 호들갑 떨지 마."

"명심하겠습니다!"

"예!"

대답조차도 호들갑을 떠는 정마룡과 달리 탁윤은 조용히

대답했다.

그야말로 극과 극의 성격이었는데 의외로 둘은 죽이 잘 맞았다.

"근데 도착할 때까지 구경만 할 생각은 아니지?"

"예에?"

"아무 의미 없이 시간을 보낼 거야? 다른 이들보다 늦게 시작했는데?"

정마룡이 눈을 느리게 끔뻑거렸다.

그러더니 옆에 앉은 탁윤을 쳐다봤다.

하지만 탁윤 역시 멍한 표정으로 퉁방울만 한 눈을 껌뻑거리는 중이었다.

"이 정도 공간이면 할 수 있는 수련이 꽤 많지."

"아!"

"재능이 부족하면 어떻게 해야 한다고?"

"죽어라 노력해야 합니다!"

정마룡이 자리에서 벌떡 일어났다.

그러자 탁윤도 몸을 일으켰다.

다만 그 모습에 소하정이 안쓰러운 표정을 지었다.

이동 중에도 수련을 해야 하나 싶었던 것이다.

"나 정도가 아니라면 마차 안에서 좌공은 불가능해. 그러니 일단 할 수 있는 것부터. 기본적인 건 여기서도 할 수 있으니까."

무인환생

"시켜만 주십시오!"

"좋아."

의욕 가득한 정마룡의 모습에 석진호가 씨익 웃었다.

그리고 반 시진이 채 지나기 전에 정마룡은 해쓱해진 얼굴로 마차에 기절하듯 드러누웠다.

반나절을 꼬박 달린 마차는 노을이 보일 즈음에 석풍표국에 도착했다.

하지만 정문에 도착했음에도 석진호 일행은 내릴 필요가 없었다.

마부가 알아서 일행이 머물 처소까지 마차를 몰아 준 덕분이었다.

"확실히 사람은 성공해야 하나 봐요. 이렇게 일사천리로 진행이 될 줄이야."

창문 밖으로 보이던 길게 늘어선 줄과 인파를 떠올리며 정마룡이 고개를 절레절레 저었다.

만약 마차가 아니었다면, 석진호가 석풍표국에 특별한 사람이 아니었다면 그들 역시 줄을 서 있어야 했을 터였다.

"그걸 이제야 알았다니. 실망감이 더욱 커지는데?"

"아니, 알고는 있었는데 이렇게 피부에 와닿는 건 처음이라서요."

"하긴. 너야 본장을 벗어난 적이 별로 없으니까."

석진호가 고개를 주억거렸다.

확실히 알고만 있는 것과 체감하는 것은 차이가 컸기에 이해가 되었던 것이다.

"앞으로는 더욱더 대단한 곳에 가시겠죠?"

"글쎄."

부담스러울 정도로 잔뜩 기대하는 표정을 짓는 정마룡의 모습에 석진호가 묘한 표정을 지었다.

전생의 그였다면 세상이 좁다 하며 싸돌아다녔을 테지만 이번 생은 아니었다.

오히려 전생과는 다른 삶을 살 생각이었기에 정마룡이 상상하는 그런 일들은 벌어지지 않을 가능성이 컸다.

"낭중지추라는 말이 있지요. 이미 본장에서 공자님의 진가가 드러나기도 했고요. 저는 곧 공자님께서 천하를 떨쳐 울리실 거라 생각합니다!"

"나에게 기댈 생각을 하지 말고 스스로 일어설 생각을 하는 건 어때? 천하백대고수가 목표라며?"

"꼬부랑 할아버지가 되어서 천하백대고수에 겨우 드는 것보다는 천하고수의 휘하에서 이름을 날리는 게 더 나을지도 모른다는 생각이 들어서요, 헤헤헤!"

"잔머리 굴리기는."

석진호가 헛웃음을 흘렸다.

농담처럼 말했지만 왠지 모르게 진담처럼 들려서였다.

무인환생

"물론 수련은 죽어라 할 거예요. 결국 저를 지키는 것은 제가 이룩한 힘이니까요. 그리고 공자님께 짐이 되지 않으려면 더 열심히 해야 하는 게 맞고요."

"언제쯤이면 짐을 벗어나 제 몫을 할 수 있을지 모르겠구나."

"금방 그리될 겁니다! 어제의 저보다 오늘의 저는 분명 발전하고 있으니까요!"

호기롭게 말하는 정마룡을 일별하며 석진호가 몸을 일으켰다.

어느새 마차가 숙소 인근에 도착한 듯 멈췄기에 석진호는 옆에 앉은 소하정을 챙기며 마차의 문을 열었다.

물론 자고 있던 흑휘는 주인이 일어나자마자 어깨로 올라탔다.

"왔냐?"

"아저씨?"

탁윤과 정마룡이야 이제 삼류 수준 이상은 되기에 범인이자 가장 연장자인 소하정을 조심스럽게 이끌며 마차 밖으로 나온 석진호가 눈을 살짝 크게 떴다.

숙소의 입구에 기다리고 있었다는 듯이 서 있는 석덕월을 발견했던 것이다.

"석풍표국 서열 삼 위가 마중 나와 있는 거야. 조금은 감격한 표정을 지었으면 한다만?"

"올해 가장 큰 사고였던 흑오채 건을 해결한 이가 바로 저입니다. 이 정도는 당연한 거 아닙니까?"

"요 녀석. 진짜 한마디도 안 지는구나."

미리 기다리고 있던 석덕월이 헛웃음을 흘리며 다가왔다.

그런 그의 등장에 소하정은 물론이고 탁윤과 정마륭이 정중하게 인사했다.

"먼저 시작한 건 아저씨입니다. 근데 숙소가 꽤나 크네요."

"네 말마따나 골치 아픈 흑오채 사건을 해결해 주었는데 이 정도 별채는 당연하지. 더구나 우리가 남이냐?"

"저야 시끄럽지 않을 것 같아서 좋네요. 조용히 수련하기에도 좋을 것 같고."

"혈족들만 머물 수 있는 별채야. 연공실도 따로 있으니 혼자서 수련하기에 불편함이 없을 거다."

석덕월이 자신만만하게 웃었다.

네 사람은 모르겠지만 석진호 일행에게 이 별채를 주려고 그는 꽤 노력했었다.

석진호도 중요한 손님이었지만 이번 모임에는 그 이상 가는 이들도 있었기에 내부적으로 말이 많았었다.

하지만 결과적으로는 석덕월의 뜻대로 되었다.

"감사합니다."

"알아주니 고맙구나."

"편히 잘 쓸게요."

무인환생

"그래, 그거면 됐다. 필요한 거 있으면 하인들에게 바로 말하면 웬만한 건 다 가져다줄 거다. 그러니 오늘은 여독을 풀고 내일 보자."

"알겠습니다."

바쁜 와중에 잠시 짬을 내서 왔다는 듯이 석덕월이 웃으며 손을 흔들었다.

그러면서 소하정, 탁윤, 정마륜에게 인사하는 것도 잊지 않았다.

"건물이 참 예뻐요. 정원도 있고, 작게나마 연못도 있고."

"유모가 보기에도 괜찮지?"

"예. 이런 곳에 제가 머물러도 되나 싶기도 하고."

"당연히 머물러도 되지. 석풍표국에서 내준 건데. 그러니 이곳에 머무는 동안은 아무것도 하지 말고 푹 쉬어."

"제가 그래도 되는지 모르겠어요."

소하정이 자신 없는 어조로 대답했다.

일개 하녀인 자신이 이렇게 손님 대접을 받아도 되나 싶어서였다.

"당연히 그래도 되지. 나뿐만 아니라 유모랑 탁윤이, 마륜이도 손님 자격으로 온 거니까. 그리고 지금까지 제대로 쉰 적이 없잖아."

"그렇지만……."

"앞으로는 이런 일들이 더 많아질 거야. 그러니 지금부터

라도 익숙해지도록 노력해."

"노력까지 해야 돼요?"

석진호의 말이 웃긴 모양인지 소하정이 옅게 웃었다.

그런데 석진호는 진지했다.

"응. 내가 말했잖아, 유모 호강시켜 준다고. 앞으로는 유모
가 직접 일을 하는 것보다 지시를 내리는 게 더 많아질 거야."

"지시는 지금도 많이 내리고 있는데요?"

소하정의 시선이 탁윤과 정마룡에게로 향했다.

잔소리 겸 지시는 지금도 충분히 하고 있는 중이었다.

"지금보다 더."

"에이, 저는 지금도 충분히 행복해요. 그러니까 너무 그렇
게 생각하지 마세요. 사람이 쉬면 병들어요. 하던 대로 살아
야지."

"아직은 시간이 있으니까."

손사래를 치는 소하정을 쳐다보며 석진호가 의미심장한
표정을 지었다.

그러고는 앞장서서 별채로 걸어갔다.

남들이 보기에 빈둥빈둥 노는 것처럼 보였지만 석진호는
수련을 게을리하지 않았다.

다만 전생처럼 악착같이 하지 않을 뿐 수련은 꾸준히 했
다. 남들 다 자는 밤에 홀로 수련을 했기에 모두가 모를 뿐이

무인환생

었다.

만약 그렇지 않았다면 지금의 경지는 설명이 되지 않았다.

"확실히 기반을 다지니까 성장하는 속도가 무시무시하네. 백년하수오가 없었으면 아직도 이십 년 남짓에서 골골대고 있었겠지."

운기조식을 마친 석진호가 피식 웃으며 자리에서 일어났다.

다다익선이라는 말처럼 공력은 많아서 나쁠 것이 없었다.

물론 정순하지 않은 공력은 나중에 독이 되기도 했지만 석진호에게는 해당 사항이 없는 이야기였다.

"나가 볼까나."

창문 틈으로 보이는 햇살에 석진호가 앞마당으로 나갔다.

그러자 오늘도 어김없이 아침 수련을 하고 있는 두 사람의 모습이 보였다.

"기침하셨습니까, 공자님!"

"잘 주무셨어요?"

"아아."

석진호의 등장에 정마룡과 탁윤이 수련하던 것을 멈추고 곧바로 다가왔다.

그러나 두 사람의 모습에 석진호는 하던 것 하라는 듯이 손을 흔들었다.

인사를 굳이 다가와서 할 필요는 없다고 생각해서였다.

"차합! 합!"

다시 번개같이 제자리로 돌아가서 수련하는 두 사람의 모습을 지켜보던 석진호가 고개를 갸웃거렸다.

오늘따라 정마룡이 유달리 수련에 집중하는 것 같아서였다.

물론 평소에도 열심히 하기는 했지만 이 정도는 아니었다.

"호오."

마치 절세절학이라도 수련하는 양 한껏 진지한 얼굴로 혼쾌십삼식의 초식을 반복하는 정마룡을 주시하던 석진호가 피식 웃었다.

어째서 평소보다 더 열심히 하는지 이내 이유를 알아냈던 것이다.

아니, 저렇게 대놓고 힐끔거리는데 못 알아보는 게 이상했다.

"일어나셨어요, 도련님?"

"잠 제대로 못 잤겠는데, 유모. 애들이 아침부터 시끄럽게 해서."

"에이, 하루 이틀도 아닌데요. 그리고 나이를 먹으면 아침잠이 없어져요. 대신에 밤이 되기도 전에 잠이 오지만요."

식사 준비를 하지 않는 게 어색한 모양인지 소하정이 쭈뼛거리며 다가왔다.

평소대로라면 지금 부엌에서 칼질을 하고 있어야 하는데

그러질 않으니 스스로가 많이 어색한 듯했다.

"다른 사람이 만든 음식을 먹어 보는 것도 공부야. 이참에 새롭고 다양한 음식들을 먹어 봐. 그래야 나랑 애들한테도 해 주지."

"그건 생각 못 했네요."

"돌아가면 저잣거리에서 맛으로 유명한 가게들도 돌아다녀 보자. 집밥도 좋지만 가끔은 밖에서 먹는 것도 나쁘지 않으니까. 이제는 돈도 넉넉하고."

석진호가 품속에서 전낭을 꺼냈다.

은자나 철문은 없어 무게는 가볍지만 대신 전낭 안에는 전표들이 가득했다.

"흥청망청 쓰면 금방 거덜 나는 거 아시죠?"

"내가 그럴 위인으로 보여?"

"아니요. 그래도 혹시 몰라서요. 사실 저는 지금도 꿈만 같거든요. 장주님은 물론이고 태상장주님과 석풍표국에도 인정을 받으셨으니까요. 물론 저는 언젠가 이렇게 될 거라고 생각했어요."

"이제라도 제자리를 찾아서 다행이지. 그나저나 많기도 많이 왔다."

석진호가 별채 너머를 쳐다봤다.

정확하게는 그리 높지 않은 담벼락 너머에서 이쪽을 흘깃거리는 사람들을 말이다.

삼급 표사들과 쟁자수는 물론이고 하인으로 보이는 이들이 연신 왔다 갔다 하며 이쪽을 힐끔거리고 있었다.

"저도 몰랐는데 마륭이에 대한 소문이 석풍표국까지 퍼져 있더라고요."

"소문?"

"예. 마륭이가 노 무사를 제압한 일요. 사실 노 무사도 하인 출신이잖아요. 무재가 있다고 해서 호가 무사가 데려갔었는데 그런 노 무사를 무공을 익힌 지 얼마 안 된 마륭이가 제압했으니 다들 얼마나 놀랐겠어요."

소하정이 중요한 비밀이라도 설명한다는 듯이 작게 귓속말을 했다.

혹여나 담장 밖의 사람들이 들을까 걱정된다는 듯이 말이다.

근데 그 모습이 석진호에게는 귀엽게 다가왔다.

"한동안 장원이 시끄럽기는 했지."

"그 소식이 여기에도 퍼져 있더라고요. 그래서 다들 저렇게 몰려온 거래요."

武人還生
무인환생

제18장 석풍표국에서 생긴 일

최대한 티 나지 않게 힐끔거리며 소하정이 말했다.

그런데 그녀의 목소리에는 은근한 자부심이 서려 있었다.

화제가 되는 정마룡을 키워 낸 이가 다름 아닌 석진호였기에 소하정의 입꼬리가 연신 꿈틀거렸다.

"근데 그 소식은 어디서 들었어?"

"아침 가져다준 아이한테서요. 제가 또 친화력이 뛰어나잖아요? 게다가 앞으로 자주 볼 텐데 말없이 음식만 받는 건 너무 정이 없는 것 같아서요."

"그걸 다른 사람들은 오지랖이라고 말하지."

"호호호! 그래도 어쩔 수 없어요. 제 성격인 걸요. 그런데 눈에 보이는 아이 좀 있으세요?"

소하정이 팔꿈치로 석진호의 옆구리를 때렸다.

삼급 표사와 쟁자수인 만큼 나이대는 그리 높지 않았다.

제일 많아 보이는 이가 정마륭 또래였고, 대부분 십 대 초 중반으로 보였다.

"글쎄. 내가 사람을 구하러 이곳에 온 게 아니라서. 사실 좀 껄끄럽기도 하고. 맘에 든다고 데려가면 석풍표국에서 과연 좋아할까?"

"아, 그런 문제가 있었네요."

"뭐, 내 성이 석씨이니 부탁을 하면 보내 주기는 하겠지만 굳이 그렇게까지 할 필요성은 못 느껴서 말이지. 게다가 우리는 초대받아서 온 거야."

"에고, 제가 너무 앞서갔네요."

소하정이 손으로 입을 가렸다.

들뜬 나머지 미처 그 부분을 생각하지 못한 것 같아서였다.

"괜찮아. 그럴 수도 있지. 어쨌든 식사 준비는 다 되었다는 거지?"

"네."

"그럼 밥부터 먹자."

석진호가 탁윤과 정마륭을 부르는 사이 소하정이 상을 차리기 위해 안으로 들어갔다.

무인환생

"옷이 날개인데?"

"비싼 옷이니까 당연하죠."

팽나연이 선물해 준 흑색 무복을 입고 있는 모습에 약속했던 대로 정오가 되기 전에 도착한 석덕월이 두 눈을 휘둥그레 떴다.

단지 무복을 입었을 뿐인데 분위기가 완전히 달라진 것 같아서였다.

"그렇게 입으니까 진짜 무인 같다."

"검도 차고 있으니까요."

"설마 팽가에서?"

"맞습니다."

"부럽다."

석덕월이 얼굴 가득 부러운 표정을 지었다.

사천당가만큼은 아니지만 하북팽가 역시 대장간이 유명했다.

특유의 강골과 신력으로 양질의 병장기를 생산해 냈기에 적어도 하북성에서는 제일이라 할 수 있었다.

그런 하북팽가산 장검을 차고 있는 모습에 석덕월이 표정 관리도 잊고 멍하니 쳐다봤다.

"사세요. 돈도 많으실 텐데."

"……대표두라고 다 돈을 많이 버는 건 아냐. 생활비며 이 것저것 들어가는 비용이 얼마나 많은데."

"그래서 장가를 가야 한다니까요. 아저씨가 흘려 버리는 돈을 제대로 간수하려면."

"또 그쪽이냐."

석덕월이 지겹다는 듯이 고개를 절레절레 저었다.

하지만 석진호는 진심이었다.

다 석덕월을 생각해서 하는 소리였다.

그리고 석진호에게는 든든한 지원군이 있었다.

"저도 공자님이랑 같은 생각이에요. 아직 늦지 않았어요."

"끄응!"

소하정까지 가세하자 석덕월이 앓는 소리를 냈다.

그러나 목 끝까지 올라온 말을 차마 입 밖에 꺼내지는 못했다.

마지막 자존심이 그걸 막은 것이었다.

"늦지는 않았지만 그만큼 기준은 낮춰야겠지."

"그건 어쩔 수 없죠."

"……가자."

잠깐 사이에 십 년은 늙은 것 같은 얼굴로 석덕월이 몸을 돌렸다.

여기에 더 있다가는 이보다 더한 말도 들을 것 같기에 석덕월은 황급히 연회장으로 향했다.

"우와!"

"깃발들이 엄청 많네요."

"이번 모임에 참여한 표국들의 깃발들이야."

꾸며 놓듯 세워 놓은 수많은 깃발들의 모습에 정마룡과 탁윤이 신기하다는 듯이 쳐다봤다.

석가장에서는 하인으로서 일만 했지 이런 연회에 참여한 것은 처음이었기에 둘 다 휘둥그레진 채 연회장을 연신 두리번거렸다.

그리고 그 옆에서 석덕월이 자랑스럽다는 듯이 자랑했다.

"저희가 앉을 자리는 어디입니까?"

"따라와."

인원이 많아서인지 연회장은 실내가 아닌 실외에 마련되어 있었다.

하지만 그마저도 살짝 부족해 보였다.

그 정도로 연회장에 모여 있는 사람들은 많았다.

"너무 안쪽 아닙니까?"

"여기에 앉을 자격은 충분해. 같은 혈족이기도 하고."

"저는 좀 구석진 자리가 좋은데요."

"그럴 수는 없지. 귀빈인데 그렇게 하면 우리가 욕먹어."

석덕월이 단호하게 고개를 저었다.

조용히 있다가 가려는 마음은 이해하지만 그럴 수는 없었다.

게다가 가장자리 쪽을 준다고 해도 조용히 있기는 힘들 터였다.

"저만 있는 게 아니잖아요."

"흐음."

석진호의 시선이 소하정에게로 향하자 석덕월이 미간을 좁혔다.

탁윤과 정마룡이야 이제는 하인이라기보다는 무인이자 수족이라 할 수 있지만 소하정은 평범한 중년 여인이었다.

그런 만큼 배려해 주는 게 맞았다.

"저는 괜찮아요. 도련님도 계신데 별일 있겠어요?"

"일단 부국주님께 말은 전해 보마. 우선은 음식부터 먹고 있어."

"부탁드리겠습니다."

소하정의 말에도 석진호는 다시 한번 부탁했다.

신경 써 주는 건 좋지만 이렇게까지는 부담스러워서였다.

혼자 왔다면야 신경 안 쓰고 편히 있었겠지만 지금은 소하정이 있었다.

석진호에게는 석가장주나 태상장주보다도 소하정이 더 중요했다.

"쉬고 있어."

"정말 괜찮은데. 굳이 번거롭게 그럴 필요 있을까요? 표사님들도 계신데."

너무 유난을 떠는 것 같아 소하정이 눈을 흘기며 말했다.

하지만 석진호에게는 무엇보다도 중요한 문제였다.

"흑휘를 데리고 있어."

"네?"

"윤이나 마룡이보다는 나을 거야."

"그게 무슨 소리세요?"

"같이 있으라고."

알 수 없는 말에 소하정이 두 눈을 동그랗게 떴다.

그러나 흑휘는 석진호의 말귀를 알아들었다.

무슨 일이 생기면 소하정을 지키라는 걸 말이다.

"음식 나왔습니다, 공자님!"

그때 시비들이 음식들을 가져왔고 정마룡은 재빠르게 수저와 앞 접시를 두 사람 앞에 놓았다.

김이 모락모락 나는 음식들 중 가장 비싸 보이는 것들 위주로 석진호 앞에 배치하는 것도 잊지 않았다.

"내 눈치 보지 말고 맘껏 먹어."

"알겠습니다!"

정마룡 덕분에 자연스럽게 화제를 돌린 석진호는 차만 한 잔 따라서 앞에 놓았다.

딱히 허기가 지지도 않았기에 수저 대신 찻잔을 든 석진호가 찬찬히 주변을 살폈다.

"무지하게 많네."

연회장을 둘러본 소감은 사람이 엄청나게 많다는 것이었다.

심지어 아직도 몰려드는 인파에 석진호는 고개를 절레절레 저었다.

다행히 이 정도 인원을 예상한 모양인지 연회장이 넓어 미어터지는 사태는 발생하지 않을 것 같지만 그럼에도 숨이 턱 막히는 느낌만은 어쩔 수 없었다.

"흐음."

식사를 하는 이들도 있고 담소를 나누는 이들도 있지만 그보다 석진호의 눈에 들어온 것들은 바로 끼리끼리 모여 있는 무리였다.

한눈에 봐도 주류로 보이는 이들과 그렇지 않은 이들이 나뉘어 있었다.

십대표국 소속들이 모여 있는 곳에는 사람들이 끊임없이 모여들었다.

반면에 중소 규모의 표국들은 눈치만 볼 뿐 선뜻 다가가기를 못했다.

"저쪽에 관심이 있으세요?"

"전혀. 애들 모임에 관심은 무슨."

"왜요? 선남선녀들이 모여 있는데. 도련님이 가면 정말 잘 어울릴 것 같아요."

"애들 놀음에 관심 없어."

武人還生
무인환생

석진호가 코웃음을 쳤다.

자기 잘난 줄 알고 거들먹거리는 녀석들 틈바구니에 끼어 있을 바에는 차라리 숙소로 돌아가 잠을 자는 게 훨씬 이득이었다.

냐아옹.

그 생각에 동의한다는 듯이 흑휘가 짧게 울었다.

흑휘가 보기에도 같잖아 보였는지 이내 흥미 없다는 듯이 자신의 몸을 핥기 시작했다.

"근데 나연 아가씨만 한 여자분은 없네요."

어느 정도 배가 찬 모양인지 수저를 내려놓은 소하정이 눈을 빛내며 연회장을 훑었다.

선남선녀라 할 만한 이들은 많았지만 어느 누구도 팽나연과 비견될 만한 여인은 없었다.

"무림오화라는 수식어가 괜히 붙은 줄 알아?"

"근데도 부족하세요?"

소하정의 말이 훅 들어왔다.

하지만 석진호도 만만치 않았다.

갑작스러운 말에도 전혀 당황하지 않았다.

"내 나이 이제 열일곱이야."

"열일곱에 장가가는 사람도 얼마나 많은데요. 무림 세가야 결혼 적령기가 좀 늦는다고 하지만 보통은 다들 도련님 나이에 장가를 가요."

"내 위로도 아직 안 갔잖아."

"세 분은 좀 특별한 상황이죠. 하지만 혼처는 다들 구하고 있을걸요? 그리고 일찍 혼인하는 것도 나쁘지 않아요."

"잔소리는 거기까지."

석진호가 손을 휘휘 저었다.

지금 막지 않으면 최소한 한 시진은 이어질 게 뻔했기에 어떻게든 미리 끊어 내려고 했다.

그러자 소하정이 곱게 눈을 흘겼다.

"저는 나연 아가씨도 괜찮을 것 같아요. 골반이 애를 낳기에 아주 좋아요. 슘뻥슘뻥, 아시죠?"

"무슨 소리를 하는 거야."

석진호가 어이없다는 손으로 이마를 짚었다.

어째서 이야기가 그리로 흘러가는지 알 수가 없어서였다.

그런데 그 모습에 소하정은 재미있다는 듯이 웃었다.

"도련님도 당황하시기는 하네요."

"밥은 다 먹은 거야? 여기 나오는 음식들 다 고급 음식들이라 평소에는 먹기 힘든 것들이니까 배불러도 한 입씩은 먹어 봐."

"저보다는 도련님이 드셔야 할 것 같은데요? 지금까지 차만 드셨잖아요. 애들은 엄청나게 먹는데."

소하정의 시선이 말도 없이 흡입 중인 탁윤과 정마륭에게로 향했다.

두 사람은 진짜 걸신이라도 들린 것처럼 빠르게 먹어 댔는데 놀라운 건 체구가 작은 정마룡이 탁윤 못지않게 먹고 있다는 사실이었다.

"한창 먹을 때잖아. 그리고 오늘 아니면 이런 귀한 음식들을 언제 먹어 보겠어."

"도련님께서도 한창 드실 때예요."

"알았어. 먹을게."

직감상 잔소리가 더 나올 것 같았기에 석진호가 젓가락을 들었다.

말보다는 행동으로 보여 주는 게 잔소리를 막는 데 효과적이라는 걸 그간의 경험으로 알았기에 석진호는 맛깔나게 튀겨진 생선 요리에 젓가락을 가져갔다.

"이것들도 좀 드셔 보세요. 제가 먹어 봤는데 맛있었어요."

처음으로 음식에 입을 대는 석진호의 모습에 소하정이 눈을 빛내며 앞 접시에 이것저것 담기 시작했다.

석진호가 먹었으면 싶은 음식들을 빠르게 채우기 시작했던 것이다.

그 모습에 석진호는 실소를 흘리면서도 얌전히 집어 먹었다.

"응?"

"왜 그러세요?"

"아니. 아무것도 아냐."

소하정이 건네준 앞 접시에 담긴 음식을 집어 먹던 석진호가 두 눈을 게슴츠레하게 떴다.

멀리, 거의 끝자락에서 펄럭이는 깃발 하나가 그의 시선을 끌었던 것이다.

'저건…….'

푸른 소나무가 수놓여 있는 낡은 깃발을 보기 무섭게 석진호의 뇌리로 오래전 기억이 떠올랐다.

지금 육신에 새겨진 기억이 아닌, 전생의 기억이었다.

그런데 신기한 건 새까맣게 잊고 있었음에도 불구하고 기억이 선명하게 떠오른다는 점이었다.

스윽.

묘한 표정과 함께 석진호가 처음으로 관심을 가지고 사람들을 살펴봤다.

청송의 문양이 새겨진 옷을 입고 있는 이들을 찾았던 것이다.

그런데 꽂혀 있는 깃발의 위치가 말해 주듯 수많은 인파가 모여 있음에도 불구하고 청송표국의 사람들은 보이지 않았다.

계속해서 사람들이 움직이기도 했고 말이다.

"찾았다."

그러던 중 석진호가 입을 열었다.

드디어 찾던 이들을 발견했던 것이다.

한데 인원이 딱 두 명뿐이었다.

남매로 보이는 이 단 두 명만이 구석진 자리에서 식사하는 모습에 석진호의 눈빛이 복잡해졌다.

"어때, 음식은 입에 맞아?"

"표국주님."

석진호가 두 사람을 쳐다보고 있을 때 익숙한 음성이 들려왔다.

안내해 주었던 석덕월이 석풍표국주와 함께 되돌아왔던 것이다.

그의 등장에 허겁지겁 음식들을 흡입하던 탁윤과 정마릉이 헐레벌떡 몸을 일으켰다.

"그렇게 차려입으니까 몰라보겠는데? 헌헌장부가 다 되었어."

"감사합니다. 근데 바쁘신 기 아닙니까? 찾아오는 손님들이 많을 텐데."

갑작스러운 석풍표국주의 등장에 석진호가 자리에서 일어나며 인사했다.

그러나 석풍표국주는 괜찮다는 듯이 웃으며 손을 젓고는 석진호의 앞에 앉았다.

"아무리 바빠도 진호 네가 왔는데 얼굴은 봐야지. 아무리 중요한 손님이라도 손님은 손님일 뿐이지. 하지만 우리는 가족 아니더냐?"

"맞습니다."

석풍표국주와 함께 온 석덕월이 옳다구나 하고 맞장구를 쳤다.

속내가 너무나 뻔히 보이는 모습이었으나 누구 하나 이상하다고 생각하지 않았다.

"그리 말씀해 주시니 감사합니다."

"빈말하는 거 아니다. 무엇이든 내 도움이 필요하면 언제라도 말하거라. 내가, 석풍표국이 도와줄 수 있는 일이라면 발 벗고 도와주마."

"기억해 두겠습니다."

"그래그래, 허허허!"

석풍표국주가 너털웃음을 터트리며 석진호를 쳐다봤다.

그런 그의 눈에는 애정과 기대감이 가득했다.

지금만 해도 십대표국의 그 어떤 후기지수들보다도 뛰어난 게 석진호였다.

때문에 그는 어떻게든 석진호와 끈을 이어 갈 생각이었다.

'석가장에서 쉽게 놓아주려 하지 않겠지만, 내가 본 진호도 만만치 않단 말이지.'

이미 둘의 사이가 크게 틀어져 있는 걸 확인한 그였다.

그렇기에 그는 천천히, 하지만 확실하게 끈을 만들 작정이었다.

자고로 인재란 많을수록 좋았다.

무인환생

더구나 같은 핏줄이면 두말할 필요도 없었고.

"표국주님."

"아아, 알았다. 이거 아무래도 차는 다음에 마셔야겠구나."

"저는 괜찮습니다."

"편히 먹고, 내일 따로 보자꾸나."

"예."

중간에 짬을 내서 왔다는 티를 내며 석풍표국주가 손을 흔들며 멀어져 갔다.

그리고 그 뒤로 석덕월이 나중에 보자는 듯이 눈짓하는 모습에 석진호는 피식 웃으며 찻잔을 들었다.

"진짜 이런 걸 볼 때마다 저는 감격스러워요. 도련님이 이렇게나 인정받고 있는 걸 마님께서도 보셨어야 했는데."

"대신 유모가 보고 있잖아. 어머니도 하늘에서 보고 계실 거고."

"정말 뿌듯해하실 거예요."

"그래도 이왕이면 울지 마. 난 유모가 안 울었으면 좋겠어."

"네."

훌쩍이던 소하정이 소매로 눈가를 훔치고는 이내 환하게 웃었다.

그러면서 다시 앞 접시를 채우기 시작했다.

어느새 다 비워진 석진호의 앞 접시를 보고는 이번에는 새로운 음식들을 채웠다.

오랜만에 만난 아들의 모습을 보며 석비강이 차를 들이켰다.

겉보기에는 무덤덤한 표정이었지만 그는 알았다.

지금 석명일의 심기가 많이 복잡하다는 사실을 말이다.

"고민이 많은 모양이야."

"티가 납니까?"

"내가 네 애비다."

"아직 수양이 부족한 모양입니다. 감정이 얼굴에 드러나는 걸 보면."

석명일이 씁쓸하게 웃었다.

이제는 그도 노련하다는 말이 어울릴 정도의 나이가 되었지만 아직 부친의 눈을 속이기에는 부족한 모양이었다.

"그래도 많이 컸어. 알아서 가문을 잘 이끌어 가고 있으니."

"열심히 했으니까요."

"근데 자식 농사는 쉽지 않지?"

"예."

석명일이 순순히 인정했다.

옛날부터 자식 농사가 쉽지 않다는 걸 귀에 딱지가 생기도록 들었지만 크게 신경 쓰지는 않았다.

그런데 지금은 그 말을 너무나 절감하고 있었다.

"후계자야 결국 제일 성공한 놈이 될 테고. 문제는 다른 놈이지."

"맞습니다."

"잘될 것 같아?"

석비강은 섣불리 조언을 하지 않았다.

아비이기는 했지만 그는 이제 일선에서 물러난 몸이었다.

석가장의 수장은 석명일이었기에 석비강은 조언을 하기보다는 아들의 생각을 물었다.

"나름 노력하고는 있는데, 반응이 미적지근합니다."

"그럴 거야. 나한테도 할 말은 다 하는 녀석인데. 참, 하북팽가 사람늘은 떠났다고?"

"예. 진호가 석풍표국으로 떠나자마자 하북팽가로 돌아갔습니다."

"끌끌! 진룡이는 결국 닭 쫓던 개가 되었구나."

석비강이 웃었다.

장손인 석진룡이 팽나연에게 공을 들였다는 사실은 공공연한 비밀이었기에 그도 알고 있었다.

"정식으로 혼담을 넣었는데 무시당했습니다."

"하북팽가라면 그럴 만도 하지. 딸 사랑이 지극하기로 유명한 작자이지 않더냐."

"그래도 기분이 썩 좋지는 않았습니다."

"어쩔 수 없지. 상계에서야 우리 입김이 대단하다지만 무림에서는 아니니까. 대신 아직 연은 닿아 있지 않더냐. 다만 그 끈이 진룡이가 아닐 뿐이지."

석비강이 대수롭지 않다는 듯이 말했다.

당사자인 석진룡이야 애가 타고 열불이 치솟겠지만 사람 인연이라는 게 강제로 어떻게 할 수 있는 게 아니었다.

더구나 팽나연의 가문이 그렇게 할 수 있는 가문도 아니었고.

결국 석진룡이 할 수 있는 건 체념뿐이었지만 석비강은 그런 경험이 나쁘다고는 생각하지 않았다.

"그래서 더 고민입니다."

"남 좋은 일만 해 줄까 봐?"

"저는 장사꾼이니까요."

"나도 마찬가지이긴 한데, 이제 와 생각해 보니까 그게 꼭 좋은 것만은 아니더라고. 수장으로서는 당연한 거지만 가장으로서는 좋지 않아."

"할 수 있는 데까지는 해 볼 생각입니다."

석명일이 단호한 표정을 지었다.

이대로 포기하기에는 석진호의 재능이 너무나 아까웠다.

"벽풍뇌호라 불린다지?"

武人還生
무인환생

"예."

"하북팽가의 비천맹호가 찾아왔었다고."

"직접 확인하지는 못했지만 둘이 비무를 했을 가능성이 큽니다. 그때의 혈기 왕성함에 대해서는 아버지께서도 알고 계시잖습니까. 더구나 여동생까지 엮여 있으니."

"누가 이겼을까."

석비강이 진심으로 궁금하다는 표정을 지었다.

객관적으로는 흑오채주를 제압한 손자의 손을 들어 주고 싶지만 명문 세가가 괜히 명문 세가가 아니었다.

더구나 팽무건은 하북제일기재라 불릴 정도로 무재가 충만한 인물이었다.

육룡에는 들어가지 못했지만 후기지수 열 명을 뽑으면 반드시 한자리를 차지하는 이가 팽무건인 만큼 알려진 실력이 전부라고 믿어선 안 되었다.

"저도 궁금한데 알아낼 방도가 없었습니다. 너무 갑작스럽게 벌어진 비무이기도 했고요."

"잡을 수만 있다면 우리 가문을 한 단계 도약시켜 줄 터인데."

"문제는 마음이 이미 떠났다는 것이지요."

석명일이 나지막하게 한숨을 내쉬었다.

최선을 다해 노력은 하고 있으나 안타깝게도 효과는 미미했다.

물론 짧은 시간에 마음을 바꾸기가 어렵다는 걸 알기에 길게 보고 공을 들이고 있지만 아쉬운 건 어쩔 수 없었다.

　　"석풍표국에서도 노리는 모양이다."

　　"제가 석풍표국주였어도 노렸을 겁니다. 노리지 않는다면 안목이 없는 것이죠."

　　"나는 석풍표국에 가는 것도 나쁘지 않다고 생각한다. 무인으로서 경험을 쌓기에 좋은 곳이니까. 그리고 석풍표국 또한 석가장의 한 부분이기도 하고. 다만 문제는 역시나 진호가 석풍표국에 가는 것도 썩 내키지 않아 한다는 점이지."

　　가장 좋은 건 석진호가 이곳에 머물며 무명을 날리는 것이지만 석비강은 석풍표국에서 경험을 쌓는 것도 나쁘지 않다고 생각했다.

　　석풍표국 역시 석가장의 휘하에 있어서였다.

　　그런데 문제는 석진호가 석가장의 영역에서 벗어나고자 한다는 점이었다.

　　"대체 무슨 생각인 건지 모르겠습니다."

　　"따로 계획하고 있는 게 분명히 있는데 그게 무엇인지 모르겠어."

　　석비강도 답답하다는 듯이 턱을 쓰다듬었다.

　　답답할 때 나오는 그의 오랜 습관이었는데 신기하게도 두 사람의 표정은 거의 비슷했다.

　　"원하는 걸 알아야 하는데 그걸 도통 모르겠습니다."

"그냥 있기 싫은 걸 수도 있고. 가능성은 희박하지만 사춘기가 늦게 온 걸 수도 있지."

"정말 그렇게 생각하십니까?"

"우리가 보기에는 사춘기에 가장 가까워 보이지 않나? 무작정 반항하고 반대로 하려고 그러고."

석비강이 씨익 웃었다.

자신도 아닌 걸 알지만 그것 말고는 딱히 석진호의 행동이 설명되지 않았다.

"차라리 그랬으면 좋겠습니다. 질풍노도의 시기가 지나면 집에 돌아올 테니까요."

"집 나가면 고생이라는 걸 체감하는 것도 나쁘지는 않아. 그보다 다른 애들은 알아봤어?"

"예. 진호 같은 아이가 또 있을지 몰라 다시 한번 철저하게 싹 훑었습니다. 그런데 딱히 두각을 보이는 아이는 없었습니다."

석명일이 어깨를 으쓱거렸다.

혹시라도 석진호 같은 아이가 또 있지는 않을까 싶어 꺼진 불도 다시 보자라는 생각에 그동안 방치되다시피 한 아이들을 싹 다 확인해 봤었다.

하지만 역시나 석진호 같은 아이는 없었다.

"있으면 좋은 일이지만, 그럴 가능성은 희박하지. 그러니까 우리가 이렇게 고 녀석에게 매달리는 것이기도 하고. 에잉!"

누가 봐도 조손지간이라고는 보기 힘들 것 같았던 만남을 떠올리며 석비강이 혀를 찼다.

손자가 손자다운 맛이 없어서였다.

그런데도 화를 낼 수 없는 건 지은 죄가 있어서였다.

역지사지라고, 만약 그가 석진호의 입장이었어도 그랬을 터였다.

더구나 석진호는 장사꾼이 아니라 무인이었다.

'장사꾼이었다면 그건 그것대로 또 문제였겠지.'

대대로 적서의 구분이 명백한 곳이 바로 이곳 석가장이었다.

그런 만큼 새로운 경쟁자의 등장은 여러 가지 문제를 야기했을 터였다.

경쟁을 잘 이용한다면 발전할 수 있지만 문제는 그런 경우가 희박하다는 점이었다.

"좋은 수가 없겠습니까?"

"장주는 너다."

"크흠!"

일말의 고민도 없이 대답하는 부친의 모습에 석명일이 헛기침을 했다.

그러나 답답한 건 석비강 역시 마찬가지였다.

잡아 두고 싶은 마음이 굴뚝같은 건 석명일만이 아니었다.

시간이 흐를수록 연회장의 분위기는 달아올랐다.

나이 지긋한 사람은 지긋한 사람들끼리 연회를 즐겼고, 젊은이들은 예의 혈기 왕성함을 사방에 드러내며 흥을 돋웠다.

카카카캉!

그걸 증명하듯 연회장 곳곳에서는 비무가 한창이었다.

소속되어 있는 표국의 명예를 드높이기 위해서, 혹은 스스로의 실력을 뽐내기 위해서 사방에서는 비무가 쉬지 않고 이어졌다.

나름 정중하게 비무를 청한다고 하지만 석진호의 눈에는 다 보였다.

하나같이 야망과 욕심이 활활 불타오르는 것을 말이다.

특히 미녀가 있는 곳에서는 열기가 더욱 뜨거웠다.

"흐아암."

"지겨우세요?"

"넌 재밌지?"

"헤헤! 예. 이런 광경은 처음 보기도 하고요."

사방에서 벌어지는 비무에 정마륜의 눈알이 쉴 새 없이 움직였다.

석진호가 보여 준 것처럼 수준 높은 대결들은 아니었지만 그렇기에 그에게는 더더욱 도움이 되었다.

딱 그가 바라보는 경지에서의 비무이다 보니 보면서 얻는 게 많았던 것이다.

만약 자신이라면 어떻게 반응하고 대응했을까 상상하는 것만으로도 정마룡은 피가 끓어오르는 느낌이었다.

"확실히 너에게는 도움이 될 만하지."

"맞습니다. 상상하는 것만으로도 경험이 쌓이는 느낌이에요. 사실 공자님과 팽 소저의 대련은 너무 수준이 높아서 감탄만 나오지 무언가 얻는다는 느낌은 없었거든요. 속도가 워낙 빨라 제대로 보이지도 않고요."

"안 보이는 건 지금도 마찬가지일 텐데?"

"그래도 희끗하게는 보입니다. 궤적도 어느 정도 예상할 수 있고요. 물론 보인다고 해서 피할 수 있는 건 아니라는 걸 잘 알지만 그래도 얼추 보이기는 하니까요."

정마룡이 자신감이 서린 얼굴로 말했다.

비록 성장이 빠르지는 않지만 그는 느끼고 있었다.

하루하루가 지날수록 자신이 분명하게 발전하고 있다는 사실을 말이다.

"그래. 지금처럼만 해."

"더 열심히 하겠습니다!"

정마룡을 다독여 준 석진호가 고개를 돌렸다.

오른쪽에서 따가운 시선이 느껴져서였다.

"음?"

왼쪽 가슴에 금방이라도 뛰어오를 듯이 앞발을 든 새하얀 말 문양이 수놓여 있는 흑색 무복을 입고 있는 청년이 멀리서 그를 쳐다보고 있었다.

누가 봐도 싸늘한 눈빛으로 말이다.

그러더니 그를 향해 성큼성큼 다가왔다.

범원강은 지금의 상황이 마음에 들지 않았다.

십대표국 중에서도 손에 꼽는 백마표국의 후계자로 그는 어디를 가든 관심과 환대를 받았다.

외모는 물론이고 무공 실력도 상당했기에 늘 여인들의 환호를 받았던 것이다.

하지만 그 모든 게 부친의 실수 하나로 와르르 무너졌다.

"쳇!"

백마표국이 석풍표국을 끌어내리기 위해 임계를 꾸몄다는 게 들통 난 후 모든 것이 달라졌다.

일단 굴욕적인 사과도 사과지만 그에게 다가오는 이가 없었다.

예전이었다면 어떻게든 인사라도 해 보려고, 말 한마디 섞어 보려고 했던 이들이 지금은 죄다 시선을 피하기 바빴다.

아무리 이번 모임이 석풍표국에서 열렸다고 해도 지나칠 정도로 선을 긋는 모습에 범원강은 부아가 치밀었다.

"참아라."

"……꼭 왔어야 합니까?"

무표정한 얼굴로 나지막하게 말하는 부친을 향해 범원강이 이를 악물며 물었다.

굳이 이런 굴욕을 당해야 하나 싶어서였다.

"알고 온 것이다. 그리고 꼭 와야만 했고. 참석하지 않았다면 이보다 더한 꼴을 겪어야 했을 거다."

으득!

단호하게 말하는 부친의 말에 범원강이 주먹을 불끈 쥐었다.

하지만 그가 할 수 있는 건 없었다.

부친이자 표국주인 범천승이 얼마나 무서운 인물인지 너무나 잘 알아서였다.

그때 가까운 곳에서 하하 호호 웃는 소리가 들려왔다.

'저 녀석들……!'

선남선녀라 불리기에 모자람이 없는 젊은이들이 모여 있는 광경을 본 범원강의 두 눈에 핏발이 섰다.

불과 얼마 전만 하더라도 그 역시 저들과 함께 있었다.

그런데 지금은 외톨이처럼 홀로 떨어져 있자 범원강은 화가 치솟았다.

누구 하나 자신에게 다가오지 않는다는 것도 마음에 들지 않았고 말이다.

"저기 저 사람이랍니다."

무인환생

"어머, 정말요?"

범원강의 시선을 느끼지 못하는지 화기애애하게 대화를 이어 가던 열댓 명의 남녀들이 어느 한곳을 힐끔거렸다.

특히나 여인들이 선망 어린 시선으로 소곤거리는 모습에 범원강이 귀를 쫑긋거리며 고개를 돌렸다.

이윽고 그의 눈에 한껏 나른한 얼굴로 앉아 있는 청년이 보였다.

"벽풍뇌호라고?"

거리는 그리 멀지 않았으나 주변에 워낙 사람들이 많아 대화 소리가 잘 들리지 않았다.

게다가 곳곳에서 비무를 벌이고 있으니 더더욱 작게 들렸는데, 범원강은 그 와중에도 네 글자만은 확실하게 들었다.

그로서는, 아니 백마표국으로서도 절대 잊을 수 없는 네 글자에 범원강의 눈빛이 싸늘해졌다.

"저 자식이란 말이지?"

안 그래도 석진호에 대해 궁금했던 범원강이다.

부친의 계략을 어그러뜨린 것도 마음에 들지 않지만 그보다 더 거슬리는 건 무서울 정도로 치솟는 무명이었다.

등장과 함께 흑오채주를 제압한 석진호는 단숨에 하북성 전역에 이름을 알렸다.

그리고 지금은 육룡 못지않은 후기지수로 인정받고 있었기에 범원강은 배알이 뒤틀렸다.

'육룡? 허! 개나 소나 다 닳을 정도로 육룡이 만만한 줄 아나?'

구대문파 중 공동파의 속가제자인 그였다.

지금의 백마표국도 공동파의 비호 아래 성장했고.

그렇기에 범원강은 잘 알았다.

육룡이라 불리는 놈들이 얼마나 괴물 같은 녀석들인지 말이다.

차차차창!

말도 안 되는 헛소문에 혼자서 열불을 토해 내고 있을 때 곳곳에서 거슬리는 마찰음이 들려왔다.

동시에 범원강의 머리에 무언가가 번뜩였다.

아주 좋은 생각이 떠올랐던 것이다.

스윽.

자리에서 일어난 범원강은 한곳을 노려보며 성큼성큼 걸어갔다.

하지만 그에게 관심을 보이는 이는 없었다.

워낙에 사람이 많았기에 딱히 신경 쓰지 않았던 것이다.

'위기를 뒤집으면 기회라고 했던가. 저놈을 잡고 모든 것을 바로잡는다.'

범원강이 눈을 빛냈다.

계략을 망가뜨린 복수도 하고 자신의 무명도 알리고.

생각할수록 일석이조, 일거양득이었다.

무인환생

'흑오채주를 단독으로 잡기는. 육룡이 나서도 힘든 마당에. 분명 꼼수를 부렸을 터. 게다가 붕산철권이 함께 가기도 했고.'

강호에서 하수가 고수를 쓰러뜨리는 일은 의외로 많았다.

빈번하지는 않아도 간간이 벌어지는 일이었기에 범원강은 흑오채의 일도 그럴 거라 생각했다.

운 좋게 석진호가 흑오채주를 제압했다고 말이다.

게다가 수상한 점은 그뿐만이 아니었다.

'무언가 거래가 있었을 수도 있고. 고수는 없지만 돈은 많은 게 석풍표국이니까.'

오래전부터 무력에 대한 갈망이 강했던 석가장이었다.

그런 만큼 '뛰어난 후기지수'를 만들어 내려 할 수도 있었다.

'직접 보니 딱히 고수 같아 보이지도 않고.'

범원강이 비릿한 미소를 머금었다.

백마표국은 흑오채의 일이 어그러졌을 때 석진호에 대해 낱낱이 조사했었다.

그리고 그 내용은 고스란히 범원강에게 전달되었고.

때문에 범원강은 자신이 있었다.

저벅저벅.

"처음 뵙겠습니다, 석진호 공자님. 백마표국의 범원강이라고 합니다."

"아, 예."

속내를 숨기며 정중하게 인사했음에도 시큰둥하게 대꾸하는 석진호의 모습에 범원강의 눈썹이 꿈틀거렸다.

하지만 그런 기색은 창졸간에 사라졌다.

"이런 자리가 흔치 않은 만큼 큰마음 먹고 용기를 냈습니다. 저에게 한 수 가르침을 주지 않으시겠습니까?"

남이 보면 더할 나위 없이 정중한 비무 신청이었지만 범원강의 속내는 달랐다.

이렇게 치켜세워 둬야 나중에 그에게 돌아올 환호 역시 크다는 걸 잘 알기에 범원강은 처음부터 판을 짰다.

당연히 자신이 이길 거라 생각하면서 말이다.

"비무라."

"이번이 아니면 언제 또 석 공자님을 뵐 수 있을지 알 수 없어서요. 부디 저에게 한 수 가르쳐 주셨으면 합니다."

범원강은 일부러 목소리에 힘을 실었다.

자신의 말이 주변은 물론이고 널리 퍼지도록 말이다.

그래서인지 하나둘 이쪽을 쳐다보기 시작했다.

'잔머리 굴리는 소리가 들리는군.'

석진호가 속으로 피식 웃었다.

한껏 정중한 척하지만 그는 범원강의 속내를 단숨에 꿰뚫어 봤다.

이런 치들을 한두 번 겪어 본 게 아니었기에 석진호는 실소를 흘리며 고개를 끄덕였다.

무인환생

"알겠습니다."

"감사합니다, 석 공자님!"

다 들으라는 듯이 더욱더 우렁차게 대답하는 범원강의 모습에 석진호가 다시 한번 실소를 흘리며 몸을 일으켰다.

그러자 한쪽에 공간이 만들어지기 시작했다. 두 사람이 비무를 할 수 있도록 사람들이 물러났던 것이다.

한데 모여드는 사람들의 숫자가 심상치 않았다.

"어허! 밀지 마!"

"물러나라고! 사람 밀지 말고!"

모두가 표국계에 종사하는 만큼 석진호와 백마표국 사이에 있었던 일을 모르지 않았다.

그렇기에 둘이 붙는다고 하자 수많은 이들이 모여들었다.

심지어 다른 곳에서 비무를 하던 이들조차 이곳으로 모여들자 주변이 순식간에 빼곡하게 찼다.

"후후!"

그 모습에 범원강이 흡족한 미소를 지었다.

계획한 대로 적당한 무대가 만들어진 것 같아서였다.

'이제 저놈만 쓰러뜨리면 석진호가 가졌던 무명과 유명세는 내 것이 된다.'

범원강의 두 눈이 번들거렸다.

지금까지는 방치 아닌 방치를 받았지만 석진호를 쓰러뜨리는 순간 모든 것이 뒤바뀔 터였다.

또한 예전보다 더한 관심을 받을 것이기에 범원강은 심장이 벌렁거렸다.

"시작하죠."

"그러죠."

마주 선 석진호의 말에 범원강이 히죽 웃으며 근처에 있던 석덕월을 쳐다봤다.

두 사람의 대결에 그 역시 와 있었던 것이다.

"알겠네. 내가 시작을 알려 주지."

범원강의 눈빛이 무엇을 뜻하는지 모르지 않았기에 석덕월은 품속에서 철문 하나를 꺼냈다.

그러고는 손가락을 이용해 철문을 튕겼다.

투욱.

회전을 하면서 솟구치던 철문이 이내 정점을 찍고는 바닥에 떨어졌다.

그 순간 범원강이 땅을 박찼다. 발검과 동시에 석진호를 향해 전광석화처럼 달려들었던 것이다.

츠츠츠츠!

초반에 끝장을 보겠다는 듯이 범원강의 기세는 맹렬했다.

검기를 줄기줄기 뿜어내며 공동파의 검공인 소양검법(小陽劍法)을 극성으로 펼쳤다.

그야말로 기습에 가까운 공격이었다.

턱.

하지만 허를 찌르는 공격에도 석진호는 당황하지 않았다.

허둥지둥하기는커녕 여전히 나른한 얼굴로 느릿하게 왼손을 움직였다. 그런데 놀랍게도 그의 검지와 중지 사이에 범원강의 검이 잡혔다.

"무, 무슨!"

벼락같이 쇄도해서 검을 찌른 범원강의 두 눈이 부릅떠졌다. 초반의 방심을 노리고 계획적으로 펼친 공격이었다.

그런데 전력을 다한 일격을 너무나 손쉽게 붙잡은 모습에 그의 동공이 격렬하게 흔들렸다.

츠츠츳!

심지어 검신에는 여전히 검기가 서려 있었다.

한데도 석진호는 맨손으로 검신을 잡고 있었다.

쩌엉!

"긱!"

그때 범원강이 들고 있는 검이 동강 났다.

석진호가 손가락을 비틀어 그의 검을 부러뜨렸던 것이다.

동시에 애병에 집어넣었던 진기가 역류해 그의 전신 혈맥을 뒤집었다.

"공동파의 속가제자였나. 뭐, 상관은 없지."

"크륵!"

역류한 진기로 인해 주저앉아서 피를 토하는 범원강을 석진호는 쳐다도 안 보고 몸을 돌렸다.

애초에 진지하게 상대해 줄 생각이 없었던 만큼 미련 없이 제자리로 돌아갔던 것이다.

그런데 그 모습에 모두가 멍한 표정을 지었다.

설마하니 범원강이 이렇게 무기력하게 질 줄은 몰랐기에 모두가 똑같은 표정으로 석진호를 쳐다봤다.

"허어!"

"범원강을 단 한 수 만에 제압하다니……."

"그래도 십대표국의 후계자들 중에서는 손에 꼽히는 실력자가 범원강인데……."

"소문이 사실이었나."

지켜보던 모두가 알았다.

범원강이 전력을 다했다는 사실을 말이다.

물론 비겁한 수를 쓰기는 했지만 그 사실은 사람들의 뇌리에 없었다.

오직 석진호가 범원강의 검을 붙잡고, 부러뜨린 것만 기억에 남았다.

"하하하! 고생했다!"

"고생은요. 왔다 갔다 한 것밖에 없는데."

망연자실한 백마표국 사람들과 달리 석덕월은 파안대소를 하며 다가왔다. 가뜩이나 꼴 보기 싫었던 녀석을 박살 내자 속이 시원했던 것이다.

그리고 그건 석풍표국의 사람들도 마찬가지였다.

무인환생

거기다 몇몇 여인들은 대놓고 석진호에게 호감 어린 눈빛을 보내왔다.

"욕봤으니 고생했지. 쯧쯧! 그나저나 비열한 성격은 애비나 아들이나 똑같군. 이래서 피는 못 속인다는 말이 있는 게지."

"그렇게 말씀하셔도 됩니까?"

"뭐 어때. 따지고 싶으면 따지라고 하지. 중간에 공동파가 중재해서 넘어간 거지, 공동파만 아니었으면 전쟁이었어. 고수층이 두터우면 뭐 해. 숫자에는 장사 없는데. 게다가 너도 있고."

"저는 아직 석풍표국 소속이 아닌데요."

"피도 섞였겠다, 반은 석풍표국이나 마찬가지지. 한 번 같이 일을 하기도 했고. 한 번 전우는 영원한 전우라는 말 몰라?"

석덕월이 넉살 좋게 웃으며 어깨동무를 했다.

그러나 석진호는 정색하며 팔을 풀었다.

"처음 듣는데요?"

"녀석, 까칠하긴. 근데 어떡하냐, 너 더 귀찮아질 것 같은데."

석덕월이 히죽 웃으며 눈짓을 했다.

그에 따라 석진호의 시선 역시 움직였다.

"으음!"

"이번 일로 단단히 마음을 홀린 것 같은데."

남녀를 불문하고 죄다 그를 쳐다보고 있었지만 그중에서

도 유독 뜨거운 시선을 보내는 이들이 있었다.

바로 여인들이었는데, 석진호는 부담스러울 정도로 쳐다보는 눈빛에 이내 고개를 돌렸다.

"크크! 너도 부끄러워할 줄 아는구나?"

"그런 거 아닙니다."

"부럽다, 부러워. 이래서 천재들이 인생을 쉽게 사는구나."

석진호는 대꾸하지 않았다.

지금은 입을 다무는 게 상책이란 걸 너무나 잘 알아서였다. 하지만 진짜 말 많은 이가 남아 있었다.

"역시 공자님이세요! 그 빠른 검을 단숨에 잡아채시다니! 진짜 감탄, 경탄, 경악했습니다!"

"시끄러워."

"거기다 엄청난 인기몰이까지!"

쉴 새 없이 입을 놀리는 정마룡의 모습에 석진호는 고개를 저었다.

하지만 흥분한 정마룡은 말을 멈추지 않았다.

제19장 선대의 인연

꼬끼오~!

해가 뜨는 걸 알리려는 듯이 멀리서 수탉 우는 소리가 들려왔다.

생각에 생각이 이어지더니 결국 밤을 새운 것이다.

하지만 피곤하기보다는 오히려 정신이 말똥말똥했다.

'어마어마했었지.'

두 눈을 감은 도주윤의 머릿속에 어제 있었던 충격적인 비무가 떠올랐다.

나름 표국계에서는 이름 좀 날리는 후기지수인 범원강이 기습처럼 공격했음에도 불구하고 도리어 속수무책으로 당하는 광경이 아직도 선명했다.

'내공 대결에서도 압승이었어.'

기습과도 같은 찌르기를 손가락으로 정확히 붙잡은 것도 놀라웠지만 도주윤은 그다음도 충격적이었다.

분명 그때 범원강은 안간힘을 썼었다.

한데도 그의 검은 꼼짝도 하지 않았다.

오히려 석진호가 너무나 쉽게 검을 부러뜨렸다.

'나였다면 허둥지둥하다가 패배를 시인했겠지…….'

이불 속에 있던 두 손이 저절로 움켜졌다.

객관적으로 따져 봤을 때 그는 범원강의 수준에도 이르지 못했다.

게다가 더 자괴감이 드는 건 석진호의 나이가 그와 동갑이라는 점이었다.

'무공에 입문한 지 얼마 안 됐다는 말은 거짓말일 게 분명해. 어떻게 그게 일 년도 안 된 사람의 눈빛과 움직임이야?'

어제 하루 종일 회자가 되었기에 알고 싶지 않아도 자연스레 알 수밖에 없었다.

어디를 가든 석진호에 대한 얘기가 쏟아져 나왔기에 도주윤은 이제 읊으라고 하면 읊을 수도 있을 정도였다.

'절대 불가능해. 아마도 몰래 준비를 해 왔겠지. 그렇지 않고서는 말이 안 돼.'

도주윤은 자신의 추측이 진실에 근접할 거라고 생각했다.

그게 아니라면 말이 되지 않았다.

무인환생

아무리 세상이 불공평하고 사람마다 재능의 차이가 있다고 하지만 이건 아니었다.

만약 정말 일 년도 채 안 되었다면 그간 자신이 한 노력은 의미가 없었다.

"결국 밤을 꼬박 새웠네."

"……안 잤어?"

"네가 그렇게 뒤척이는데 잠이 오겠어?"

움찔한 도주윤이 이불 속에서 몸을 돌렸다.

그러자 이불 밖으로 두 눈만 빼꼼히 내밀고서 자신을 주시하고 있는 누나를 볼 수 있었다.

"내가 얼마나 뒤척였다고. 오히려 복도에서 왔다 갔다 하는 소리 때문에 잠을 못 잤으면 모를까."

"그건 인정. 대체 뒷간을 얼마나 왔다 갔다 하는 건지."

"……미안해. 내가 능력이 부족해서 이런 곳밖에 못 구했어."

"가장 노릇은 하지 말랬지? 누나는 나다?"

도지윤이 샐쭉한 표정을 지으며 말했다.

아직 가장 노릇을 하기에는 이르다고 생각해서였다.

다른 것은 신경 쓰지 않고 무공만 수련할 때이기도 했고.

"누나라고 해 봤자 꼴랑 한 살 차이면서."

"그 한 살 동안 내가 먹은 음식량이 어느 정도인지 알아?"

"똥은 비슷하게 쌌을 것 같은데."

"야!"

변비를 돌려서 말하는 동생의 이죽거림에 도지윤이 버럭 소리를 질렀다.

하지만 그녀의 고함에도 도주윤은 실실 웃었다.

"그러니까 왜 갑자기 싸움을 걸어. 그냥 잠이나 자지."

"하나뿐인 동생이 걱정되어서 못 잤다!"

"걱정은 무슨. 여기가 위험한 곳도 아니고."

"밤새 한숨을 푹푹 쉬는데 걱정이 안 돼?"

도지윤이 째려보며 말하자 도주윤이 흠칫했다.

밤새 그랬을 줄은 몰라서였다.

"그렇게 부러워?"

"……뭐가?"

"벽풍뇌호 석진호 공자가."

"…….."

묵묵부답이었으나 도지윤은 알 수 있었다.

자신이 정곡을 찔렀다는 사실을 말이다.

"그렇게 배 아파?"

"배가 아픈 게 아니라……."

"그럼 뭔데?"

"에휴."

도주윤이 고개를 절레절레 저었다.

더 대화해 봤자 머리만 복잡해질 것 같아서였다.

똑똑똑.

그때 갑자기 누군가가 문을 두드렸다.

찾아올 손님이 없기에 두 남매는 동시에 서로를 쳐다봤다.

"누구지?"

"찾아올 만한 사람이 없는데?"

"일단 열어 봐. 객잔 사람일 수도 있잖아."

"어, 응."

도주윤이 두 눈을 끔뻑이며 침상에서 일어나 문을 향해 걸어갔다.

물론 검을 챙기는 것도 잊지 않았다.

객잔이지만 그렇다고 반드시 안전한 것은 아니었기에 도주윤은 최악의 상황에 대비했다.

달칵.

이윽고 문이 천천히 열리며 상대방의 모습이 서서히 보이기 시작했다.

"실례합니다. 석진호 공자님의 말을 전하러 왔는데 혹시 도주윤 소국주님이 맞으십니까?"

"아, 네. 제가 도주윤입니다만."

어디서나 흔하게 볼 수 있는 또래 남자의 모습에 도주윤이 얼떨떨한 얼굴로 대답했다.

그러다가 뒤늦게 머리에 박힌 세 글자를 떠올리고는 눈을 부릅떴다.

"자, 잠시만요. 석진호 공자님이라고요?"

"예. 석가장의 석진호 공자님께서 보내셨습니다. 저는 공자님을 보필하는 정마룡이라고 합니다."

석진호의 지시를 받아 두 남매를 찾아온 정마룡이 부드럽게 웃으며 말했다.

나름 친근해 보이려고 지은 미소였지만 정작 앞에 선 도주윤은 그런 정마룡의 얼굴을 보지 않고 있었다.

그저 멍한 얼굴로 두 눈을 껌뻑거리기만 했다.

"석진호 공자님께서 보내셨다고요?"

"예."

"저희를 어떻게 알고요?"

"저도 자세한 건 듣지 못해서요. 대신 저희 공자님께서 이걸 전해 드리라고 했습니다."

멍한 동생을 대신해 이불로 몸을 가린 도지윤이 천천히 다가왔다.

정마룡이 내민 서찰을 받기 위해서였다.

그런데 다가오는 도지윤을 본 정마룡이 자기도 모르게 침을 꿀꺽 삼켰다.

부스스한 모습임에도 미색이 상당해서였다.

'제대로 꾸미면 상당하겠는데?'

팽나연과 같은 화려한 느낌은 아니었지만 대신 단아하면서도 청순한 분위기가 있었다.

무인환생

또한 어떻게 꾸미느냐에 따라 느낌이 달라질 것 같은 얼굴에 정마룡이 볼을 붉혔다.

"그, 그럼 저는 이만."

"네. 조심히 가세요."

스스로의 얼굴이 붉어진 걸 알았기에 정마룡은 황급히 인사했다.

그런데 다행스럽게도 도지윤은 그런 정마룡의 모습을 보지 못했다.

온 신경이 서찰에 가 있었기에 고개를 꾸벅 숙여 인사한 후 동생을 돌아봤다.

"어?"

"뭐 해? 안 읽어 봐?"

"어……."

방문을 닫은 도지윤이 정마룡에게서 받은 서찰을 동생에게 건넸다.

말은 두 사람을 찾아왔다고 했지만 그녀는 직감적으로 알았다.

이 서찰이 동생에게 온 것임을 말이다.

'나에게 반했을 리는 없고.'

어제 수없이 많은 여인들이 어떻게든 석진호와 인사라도 나누고 싶어 하는 광경을 직접 본 도지윤이었다.

그렇기에 도지윤은 순간적으로 떠오른 망상을 곧바로 털

어 냈다.

　물론 사람마다 취향이 다른 만큼 아주 가능성이 없지는 않겠지만 그래도 그럴 가능성은 희박했다.

　지이익.

　말끔하게 포장되어 있던 종이봉투의 위쪽 부분을 찢으며 도주윤이 마른침을 삼켰다.

　어떤 내용이 담겨 있을지 궁금했던 것이다.

　이윽고 찬찬히 서찰을 읽어 내려가던 도주윤의 동공이 크게 확대되었다.

　"어?"

　홀로 고즈넉하게 차를 들이켜던 석진호가 이제는 희미해진 기억을 떠올렸다.

　전생에서 막 환생했을 당시 석진호의 몸 상태는 처음 석가장에서 깨어났을 때보다 훨씬 더 안 좋았다.

　이렇게 안전이 확보된 장소에서 환생한 게 처음이었을 정도로 그는 늘 살아남는 걸 최우선으로 삼아야 했다.

　그리고 그때 석진호와 청송표국과의 인연이 있었다.

　'한겨울 산속에서 굶어 죽어 갈 때 만났었지.'

　늘 그가 환생하는 몸은 당장 죽어도 이상하지 않을 정도로

武人還生
무인환생

쇠약한 상태였다.

그렇기에 그의 영혼이 들어갈 수 있었던 것이겠지만, 그걸 늘 겪어야 하는 석진호로서는 쌍욕이 나올 수밖에 없었다.

최악의 몸 상태에서 그가 할 수 있는 건 정말 한정적이었기 때문이다.

게다가 야산에 홀로, 한겨울이라는 조건은 살아남을 확률보다 아사하거나 동사할 확률이 더 높았다.

실제로 환생한 지 얼마 되지 않아 죽은 적도 부지기수였다.

언제, 어느 순간에, 어떤 몸으로 환생하는지 알 수 없었기에 대비는 애초에 불가능했다.

물론 수없이 많은 환생을 하면서 얻은 경험이 있지만 체력이 밑바닥인 상태에서 할 수 있는 건 그리 많지 않았다.

그래서 별거 아닌 호의가 더욱더 소중하게 디가왔다.

특히 그때 받았던 주먹밥의 향과 맛은 아직도 기억에 선명하게 남아 있었다.

'그때의 청송표국은 십대표국 중 하나였던 걸로 기억하는데.'

스윽.

석진호의 시선이 탁자 위의 서류로 향했다.

밤새 정마룡이 알아낸 정보들이 일목요연하게 적혀 있었는데, 실상 쓸모 있는 내용은 그리 많지 않았다.

하지만 알고자 하는 것들은 얼추 담겨 있었다.

똑똑똑.

"공자님, 손님께서 오셨습니다."

"안으로 모셔 와."

"옙!"

석진호의 상념이 멈췄다.

인기척과 함께 들려오는 정마룡의 목소리에 석진호는 자리에서 일어났다.

"처, 처음 뵙겠습니다!"

"안녕하세요."

문이 열리며 정마룡의 안내에 따라 도주윤, 도지윤 남매가 안으로 들어왔다.

그런 둘을 향해 석진호가 정중하게 포권했다.

"초대에 응해 주셔서 감사합니다. 석진호입니다."

"아닙니다. 저희가 오히려 감사하지요. 청송표국의 도주윤이라고 합니다."

"도지윤이에요."

"앉으시죠."

자리를 권하며 석진호는 익숙하게 차를 따라 주었다.

그러나 덤덤한 그와 달리 두 사람은 연신 눈치를 살폈다.

초대를 받아 오기는 했지만 왜 불렀는지는 알 수 없어서였다.

무인환생

"두 분 다 많이 궁금해하시니 바로 본론에 들어가겠습니다. 제가 두 분을 만나자고 한 건 다름이 아니라 제 어머니 때문입니다."

"어머니요?"

"예. 돌아가신 어머니께서 오래전 청송표국주님에게 도움을 받았다고 하셔서요. 저도 아주 어릴 때 들은 이야기라 정확한 시기는 알 수 없지만 큰 도움을 받았다고 들었습니다."

도주윤과 도지윤이 똑같이 두 눈을 껌뻑거렸다.

하지만 그 모습에 석진호는 옅게 미소 지었다.

두 사람이 모르는 게 당연해서였다.

"큰 도움이라 하심은……."

"구명지은을 입었다고 들었습니다. 어떤 상황이었는지 자세히 듣지는 못했지만요."

"아."

"그래서 늘 생각했습니다. 언젠가는 어머니를 대신해서 은혜를 갚겠다고요. 해서 두 분을 모시게 되었습니다."

두 남매가 얼떨떨한 표정을 지었다.

그러다가 이내 서로를 쳐다봤다.

눈빛으로 서로에게 물었던 것이다.

하지만 둘 다 부친에게서 이와 비슷한 내용을 들은 적이 없었다.

"마음만 받겠습니다. 아버지께서 무언가를 바라고 돕지는 않으셨을 거라 생각하거든요."

"저도 동생과 같은 생각이에요."

짧은 시선 교환이었지만 의견을 모으기에는 충분했다.

그렇기에 둘은 동시에 고개를 저었다.

다른 이도 아니고 석진호가 은혜를 갚겠다고 했으니 어떤 것이든 두 사람과 청송표국에 도움이 되기는 할 터였다.

하지만 아버지가 받는 것이면 모를까 자신들이 대신 받을 건 아니라고 생각했다.

"두 분께서 생각하시는 것만큼 거창하게 드릴 수는 없습니다. 아실지 모르겠지만 제가 석가장 출신이기는 하나 돈이 그렇게 많지 않습니다. 거액을 사용할 수 있는 권한도 없고요. 가지고 있는 거라고는 튼튼한 몸뚱이 하나밖에 없습니다. 그래서 제가 가지고 있는 걸로 은혜를 갚을까 합니다."

"그 말씀은……?"

도주윤의 눈빛이 반짝였다.

무엇을 말하는 것인지 감이 잡혔기에 기대하는 표정을 지었던 것이다.

"따라오시죠."

석진호가 의미심장하게 웃으며 몸을 일으켰다.

별채에 함께 딸려 있는 개인 연공실에 들어온 도주윤은 입을 쩍 벌렸다.

무인환생

괜히 별채가 아니라는 듯이 딸려 있는 개인 연공실은 혼자가 사용하기에는 넉넉하다 못해 넘칠 정도로 넓었다.

심지어 남매가 머물고 있는 방보다도 넓은 모습에 도주윤은 역시 석풍표국이라는 생각이 들었다.

'언젠가는 우리도!'

그러나 감탄은 잠시였다.

이내 그는 열망을 불태웠다.

비록 지금은 몰락해서 두 남매와 총관밖에 없지만 나중에는 다를 터였다.

반드시 그리 만들겠다고 생각했다.

"흠."

한편 석진호는 개인 연공실을 구경하고 있는 도주윤을 찬찬히 살펴봤다.

특히 근골과 손바닥, 신체 균형을 유심히 살펴봤는데, 무언가 마음에 들지 않는 게 있는 모양인지 미간을 좁혔다.

'지나칠 정도로 몸을 혹사시켰군.'

예상은 했지만 자세히 본 도주윤의 몸 상태는 썩 좋지 않았다.

빨리 강해져야 한다는 조급증 때문인지 몸 곳곳을 혹사시킨 게 석진호의 눈에 보였다.

끈기와 집념은 무인에게 있어 필수인 항목이었지만 뭐든지 과하면 좋지 않았다.

괜히 과유불급이라는 격언이 있는 게 아니었다.

'그나마 며칠은 제대로 수련을 하지 못해서 회복이 좀 된 상태로군.'

주머니 사정이 좋지 않은 게 도리어 이득이 된 경우였다.

하지만 석진호가 보기에는 여전히 간당간당했다.

'육체의 한계치는 슬슬 알아차리고 있을 테고. 내가 손봐줄 부분은 정신적 한계인가.'

이미 정점에 올라 봤기에 석진호는 그저 보는 것만으로도 상대의 수준을 가늠할 수 있었다.

상대가 반박귀진의 경지라고 해도 말이다.

그리고 아무리 기운을 갈무리해도 호흡, 발걸음, 움직임을 보면 대충 각이 나왔다.

'수준은 일류에 갓 발을 올린 정도인가. 나쁘지 않군.'

다행히 무공이 소실되거나 그러지는 않은 모양이었다.

만약 그랬다면 아무리 석진호가 도움을 주려 해도 답이 없었다.

제아무리 천하제일인이라 불렸던 석진호라도 모르는 무공을 복구하는 건 불가능했다.

차라리 새로운 무공을 주면 모를까.

"죄송합니다. 연공실이 너무 좋아서 그만. 이런 곳은 처음 봤거든요."

"이해합니다. 저도 어제 그랬으니까요."

무인환생

"예?"

"이런 대우는 저도 처음이라서요. 일단 가볍게 몸부터 풀어 볼까요?"

석진호가 싱긋 웃으며 달려들었다.

몸풀기인 만큼 검은 사용하지 않을 생각이었다.

하지만 검을 사용하지 않는다고 해서 석진호의 수준이 어디 가는 것은 아니었다.

"흡!"

창졸간에 쇄도하는 석진호의 움직임에 도주윤이 당혹성을 토해 냈다.

그러나 그의 몸은 습관처럼 각인된 움직임을 토해 냈다.

수천, 수만 번 반복했던 보법을 펼쳐 냈던 것이다.

턱!

하지만 딱 거기까지였다.

석진호는 그런 도주윤의 움직임마저 예상했다는 듯이 손을 뻗어 멱살을 잡았다.

아니, 예상할 것도 없었다.

도주윤 정도는 수읽기를 할 필요도 없는 수준이었기에 석진호는 그냥 잡아 들어서 땅에 메다꽂았다.

"킥!"

등에서 올올이 느껴지는 고통에 도주윤이 입을 쩍 벌렸다.

그런데 신기하게도 신음 소리는 나오지 않았다.

너무 고통스러워 소리가 안 나왔던 것이다.

"음!"

그리고 그 모습에 도지윤이 입술을 깨물었다.

상대가 안 될 거라는 걸 진즉부터 알고 있었지만 이렇게 속수무책으로 당하는 모습을 보니 가슴이 아팠다.

하지만 말릴 생각은 없었다.

이게 도주윤에게 얼마나 큰 기회인지 모르지 않아서였다.

'고통스럽겠지만, 견뎌야 해. 그래야 강해질 수 있어.'

육룡과도 비견되는 고수가 석진호였다.

그런 만큼 석진호와의 대련은 도주윤을 분명하게 성장시킬 터였다.

"다, 다시 가겠습니다."

"오시죠."

부들부들 떨면서도 몸을 일으킨 도주윤이 이를 악물고서 자세를 잡았다.

고통으로 인해 서 있는 것조차 힘들었지만 지금은 무조건 일어나야 했다.

이런 기회가 흔치 않다는 걸 도주윤 역시 너무나 잘 알았기에 악착같이 견디며 석진호에게 달려들었다.

"하아압!"

온몸의 힘을 짜내듯이 도주윤이 기합을 터트리며 달려들었다.

무인환생

하지만 우렁찬 기합성과 달리 도주윤은 이내 바닥으로 쓰러졌다.

석진호를 맞히기는커녕 되레 역공을 당해 엎어졌던 것이다.

쿠웅! 쿵! 쿠쿵!

그 뒤로 도주윤은 계속해서 바닥을 나뒹굴었다.

제대로 된 한 방을 맞히기는커녕 계속해서 쓰러졌다.

하나 그럼에도 도주윤은 오뚝이처럼 일어나 계속해서 도전했다.

전신이 퉁퉁 부었음에도 달려드는 것을 멈추지 않았던 것이다.

"헉헉헉!"

맞는 것만으로도 지칠 수 있다는 사실을 느끼면서도 도주윤은 악착같이 일어났다.

두 다리는 진즉에 풀려 있었고, 부어 오른 눈꺼풀로 인해 초점은 제대로 잡히지 않았다.

그런데도 도주윤은 계속해서 달려들었다.

'확실히 근성은 있어.'

연체동물처럼 흐물흐물한 움직임으로 다가오는 도주윤을 보며 석진호는 자기도 모르게 고개를 주억거렸다.

괜히 몸을 혹사시킨 게 아니었다.

이런 독심이 있으니 몸이 버티질 못한 것이었다.

게다가 무재 또한 나쁘지 않으니 성과 역시 있었을 테고.

'다만 너무 과해서 문제지.'

게으른 것도 문제지만 너무 과해도 문제였다.

인간의 몸은 생각하는 것보다 튼튼하지 않다.

그리고 한번 고장 나면 다른 부위가 연쇄적으로 망가진다.

때문에 시행착오를 줄여 줄 사부가 반드시 필요했다.

'나 같은 환생자라면 모를까 보통 사람은 실수 한 번에 모든 게 끝장나니까.'

툭.

독기와 근성으로 달려들던 도주윤의 고개가 꺾였다.

결국 정신을 잃은 것이었다.

"잠시 쉬죠."

"예, 예!"

석진호의 말에 도지윤이 황급히 동생에게 달려갔다.

그러고는 편히 쉴 수 있도록 몸을 눕혔다.

"저는 마실 물을 가져오겠습니다."

도주윤의 몸 곳곳을 살피는 도지윤에게 짧은 한마디를 남긴 후 석진호가 연공실을 나갔다.

그러나 도지윤은 석진호의 말이 안 들리는 모양인지 울상을 지으며 동생의 얼굴을 쓰다듬었다.

"어? 의외로 멍이 없네?"

동생을 살펴보던 도지윤이 두 눈을 껌뻑거렸다.

무인환생

하도 처참하게 두들겨 맞기에 전신에 피멍이 가득할 줄 알았는데 의외로 살짝 붓기만 했을 뿐 멍이 든 곳은 단 하나도 없었다.

"신기하네."

혹시나 하는 마음에 상의도 살짝 들어 올려 확인했지만 어디에도 멍은 없었다.

심지어 처음 당했던 등도 상처 하나 없이 매끈한 모습에 그녀는 헛웃음을 흘렸다.

"잘 때리는 사람은 상처 없이 때린다고 한다던데 석 공자님이 그런 모양이네."

"으으……."

"정신이 들어?"

"무, 물 좀."

"석 공자님이 가지러 가셨어. 일어나지 말고 좀 더 누워 있어. 우리 둘밖에 없으니까."

정신이 드는 모양인지 물을 찾으며 도주윤이 상체를 들려고 했다.

하지만 그녀는 동생을 만류했다.

물도 없을뿐더러 굳이 일어나 있을 필요는 없다고 생각해서였다.

"나가셨어?"

"응, 물 가지러. 근데 땀 엄청 흘렸네. 얼마 안 움직인 거 같은데."

"바짝 긴장한 상태에서 계속 움직였으니까. 아마 눈싸움만
했어도 땀이 흥건했을걸."

"몸은 좀 어때? 내가 확인해 봤는데 부기만 좀 있지 멍은
하나도 없더라."

땀에 절어서 이마에 붙어 있는 머리카락을 털어 주며 도지
윤이 신기하다는 듯이 말했다.

사실 동생이 두들겨 맞을 때 그녀는 눈물이 날 뻔했다.

아무리 견원지간처럼 매일 싸운다지만 그래도 남매였다.

비록 수련을 위해서라지만 하나 남은 가족이 뚜드려 맞자
도지윤은 가슴이 아팠다.

"나도 신기해. 아프지가 않고 오히려 시원해. 안마를 받은
느낌이랄까?"

"진짜?"

"응. 보기와 달리 멀쩡해. 바로 다시 시작할 수 있을 정도
로. 근데 그건 달리 말하면 격차가 그 정도로 어마어마하다
는 거지."

도주윤이 시무룩한 표정을 지었다.

원래부터 알고 있었지만 이렇게 직접 겨루게 되자 더욱 확
실하게 알았다.

석진호는 감히 자신이 비벼 볼 만한 무인이 아니라는 점을
말이다.

'심지어 검을 쓰지도 않았지.'

허세로 검을 차고 다닐 이유는 없었다.

그 말은 검도 잘 쓴다는 소리였기에 도주윤의 얼굴이 더욱 어두워졌다.

딱!

"왜 그렇게 기죽어 있어? 몰랐던 사실을 지금 안 것도 아닌데. 스스로에게 실망할 시간에 어떻게든 이 기회를 최대한 활용할 생각을 해. 실망은 이따가 숙소에 가서 혼자 하고."

"말을 해도."

"어허! 이 누나가 하는 말은 다 피가 되고 살이 되는 말이야. 뼈에 새기란 말이지."

"퍽이나."

언제 훈훈했냐는 듯이 둘은 다시 옥신각신하기 시작했다.

그러나 표정은 객잔의 방에 있을 때보다 훨씬 좋았다.

석풍표국주가 아주 흡족한 얼굴로 연회장을 내려다봤다.

처음의 우려와 달리 이번 모임이 아주 성대하게, 그리고 석풍표국의 입장에서는 성공적으로 치러지고 있어서였다.

특히 그는 어제 있었던 일이 가장 기억에 남았다.

십 년 묵은 체증이 한 번에 내려가듯 시원했기도 했고.

"아직 안 온 모양이네."

"개인 연공실에 들어갔다고 합니다."

"……갑자기?"

석덕월의 말에 석풍표국주가 의아한 표정을 지었다.

어제만 하더라도 딱히 개인 연공실을 사용하지 않았던 석진호였다.

연회장에서 저녁 식사까지 하고 돌아가기도 했고.

그런데 점심시간이 다 되어 가는데도 여전히 개인 연공실에 있다고 하자 석풍표국주가 고개를 갸웃거렸다.

"청송표국의 남매 둘을 데리고 들어가서 수련 중이라고 합니다."

"청송표국? 거기 아직 안 망했나?"

"명맥은 유지 중입니다. 외부 활동은 근근이 하는 중이고요. 알아보니 현재 남은 인원은 총 세 명이라고 합니다."

"허어."

단 셋이서 운영한다는 말에 석풍표국주가 작게 탄식을 내뱉었다.

소규모인 만큼 얼마나 힘이 들지 예상이 가서였다.

하지만 그런 생각은 잠시뿐이었다.

그는 어째서 석진호가 두 남매를 초대했는지 의문이 들었다.

"지금 알아보는 중입니다."

무인환생

"역시 석 대표두야. 근데 오후에는 나오겠지?"

석풍표국주가 오매불망 석진호가 오기만을 기다리는 젊은 남녀들을 둘러보며 걱정스럽게 말했다.

굳이 저들의 기대를 충족시켜 줄 의무는 없지만 그래도 석진호가 공식 석상에 나와 주는 게 석풍표국 입장에서는 좋았다.

석진호는 석풍표국 소속이 아니지만 중요한 건 남이 아니라는 점이었다. 그리고 지금은 아니지만 앞으로는 얼마든지 달라질 수 있었다.

"안 그래도 사람을 보내 놓았습니다."

"이왕이면 빨리 나왔으면 좋겠는데 말이지. 우리도 표국계를 대표할 젊은 고수 한 명 정도는 데리고 있어야 하지 않겠나."

"저도 같은 생각입니다."

석덕월이 뿌듯한 표정을 지으며 대답했다.

화제의 중심인 석진호를 발견하고 수면 위로 끌어 올린 이가 그였다.

그렇기에 자연스레 어깨에 힘이 들어갔다.

"해 달라는 건 다 해 줘. 해 줄 수 있는 선에서는 뭐든지."

석풍표국주가 단호한 어조로 말했다.

흑오산에서 거력대부를 제압할 때도 욕심이 났지만 어제 범원강을 가지고 노는 걸 보자 그는 확신이 들었다.

석풍표국의 위치를 더욱 견고하게 만들어 줄 수 있는 인물이 석진호라고 말이다.

　"노력을 하고 있기는 한데, 딱히 원하는 걸 말하지 않습니다."

　"불만 같은 건 말하지 않고?"

　"있으면 진즉에 말했을 성격인데 아직은 없습니다. 그냥 물에 물 탄 듯 술에 술 탄 듯 지내는 중입니다."

　"흐음."

　석풍표국주가 미간을 좁혔다.

　왠지 모르게 선을 긋는 것 같아서였다.

　"아직 시간은 있으니 좀 더 노력하겠습니다."

　"내가 대표두를 얼마나 믿고 의지하는지 알지?"

　"허허, 예."

　부담스럽기 짝이 없는 석풍표국주의 눈빛에 석덕월이 어색하게 웃었다.

　노력은 하겠지만 석진호의 마음을 얻기가 생각보다 쉽지 않음을 그가 가장 잘 알아서였다.

　하지만 해 보지도 않고 포기할 생각은 없었다.

　"얼른 와서 싹 다 정리해 줬으면 좋겠군."

　어제에 이어 곳곳에서 벌어지는 비무에 석풍표국주가 얼굴 가득 아쉬운 표정을 지었다.

대련을 시작한 지 이틀째가 되었다.

그런데 단 이틀 만에 도주윤의 움직임이 완전히 달라졌다.

껍질을 탈피한 것처럼 불필요한 움직임은 모조리 사라지고 안 좋은 습관 역시 없어졌다.

또한 정석처럼 펼치기만 했던 초식 역시 다양한 변초를 사용할 정도로 능수능란해졌다.

'이제 좀 낫군.'

악바리 근성으로 달려드는 건 어제와 똑같았지만 대신 움직임의 효율 자체가 달라졌다.

자신의 몸을 보다 더 제대로 사용할 줄 알게 된 느낌이랄까.

그리고 이 분야에서 석진호는 독보적이었다.

가진 게 없기에 어떻게든 있는 것을 활용하다 보니 육체를 다루는 것에는 도가 텄고, 그걸 기반 삼아 석진호는 늘 정상을 향해 달려갔었다.

'하지만 이제 기초만 잡은 상태다.'

어제와 비교하면 가히 괄목할 만한 성장이었지만 석진호는 만족하지 않았다.

그에게 있어 이 정도 수준은 기본에 불과했다.

더 높은 경지로 가기 위한 기반 말이다.

카카카캉!

그런 석진호의 생각을 아는지 모르는지 도주윤은 이를 악물고서 검을 뿌렸다.

부친에게서 전수받은 무공이자 청송표국을 일궈 낸 절학인 청풍십팔검(淸風十八劍)을 연달아 휘둘렀던 것이다.

하지만 진기를 가득 머금은 검이 매섭게 전신 요혈을 노렸음에도 석진호는 어렵지 않게 튕겨 냈다.

마치 그가 노리려는 곳을 알고 있다는 듯이 앞서 검로를 방해해 냈던 것이다.

'이건 정말······!'

수 싸움에서 완벽하게 밀린다고밖에는 볼 수 없는 광경에 도주윤은 볼 때마다 기가 질렸다.

마치 자신의 머릿속에 들어와 있는 것 같은 착각이 들 정도였기에 도주윤은 미치고 팔짝 뛸 지경이었다.

하나 그렇다고 해서 포기할 생각은 없었다.

변초가 부족하다면 경험을 쌓아 채우면 될 일이었다.

파파파팟!

더구나 변초에 가히 천재적이라 할 수 있는 괴물이 눈앞에 있기에 도주윤은 모든 것을 빨아들이겠다는 눈빛으로 석진호의 움직임을 주시했다.

"큭!"

물론 본다고 해서 바로 따라 할 수 있을 정도로 석진호의

무인환생

움직임이 수준 낮지는 않았지만 그럼에도 큰 도움이 되는 건 사실이었다.

변초도 결국엔 응용이었기 때문이다.

'하지만 그래도 한 번 정도는 맞히고 싶다!'

쉴 새 없이 몰아치는 석진호의 공격에 두들겨 맞으면서도 도주윤은 물러나지 않았다.

석진호가 자신보다 몇 수는 위에 있다는 걸 알았다.

그렇지만 한 번 정도는 제대로 된 일격을 먹이고 싶었다.

이기겠다는 게 아니라 딱 한 방만 말이다.

"흐음."

그러나 그는 몰랐다.

자신의 생각이 석진호에게 뻔히 읽히고 있다는 사실을 말이다.

'확실히 재능은 있어. 천재라고 할 수는 없지만 수재는 능히 될 만해. 다만 스스로를 너무 몰아붙여서 그렇지.'

아무리 석진호가 달라붙어서 움직임을 교정해 준다고 하더라도 재능이 없다면 하루 만에 이렇게 탈태환골하는 건 불가능했다.

의지만으로 모든 걸 바꿀 수 있는 건 소설 속에서나 가능했다.

세상은 절대 인정이 넘치거나 공평하지 않았다.

'이제 하나만 넘어서면 될 것 같은데.'

오랜 시간 혼자서 수련을 했기에 육체는 극한까지 단련되었을지 모르나 정신적인 부분은 아니었다.

특히 지금과 같은 경험은 부족할 수밖에 없었고, 그게 현재 도주윤의 발목을 붙잡고 있었다.

'공력의 양은 딱히 중요하지 않지.'

검기상인의 경지에 오른 일류 무사들의 공력은 사십 년에서 일 갑자 사이였다.

통상적으로 공력이 그 정도는 되어야 검기를 발출할 수 있다는 게 무림의 통설이었다.

하지만 석진호의 생각은 달랐다.

공력의 양이 중요한 게 아니라 그걸 어떻게 사용하는지가 더 중요했다.

그걸 백상건과의 대결 때 석진호는 증명해 보이기도 했고.

깨달음은 대단한 것처럼 보이지만 막상 얻고 나면 그리 대단하지 않았다.

'슬슬 시작해 볼까.'

육체 단련은 어느 정도 마무리되었기에 석진호는 진기를 가일층 끌어 올렸다.

그러자 연공실의 분위기가 달라졌다.

석진호의 전신에서 뿜어져 나오는 존재감이 연공실 전체를 짓눌렀던 것이다.

"흐읍!"

무인환생

갑자기 무거워지는 몸에 도주윤이 황급히 단전의 진기를 사지백해로 보냈다.

본능적으로 대응했던 것이다.

그러나 진짜 시작은 지금부터였다.

콰앙!

진기를 잔뜩 머금은 석진호의 검이 도주윤의 검을 후려쳤다.

마치 몽둥이를 휘두르듯 거칠게 때렸던 것이다.

"큭!"

그 일격에 도주윤의 상반신이 크게 흔들렸다.

무지막지한 힘에 속절없이 밀린 것이었다.

쩌저저정!

주춤주춤 뒤로 밀려나는 도주윤을 향해 석진호는 사정없이 검을 휘둘렀다.

극한까지 몰아붙이겠다는 듯이 끊임없이 검격을 뿌렸던 것이다.

마치 진짜 벨 것처럼 쏟아지는 예리한 검세에 도주윤은 가까스로 검을 움직여서 막아 냈다.

하지만 검풍까지는 어쩌지 못했다.

스극. 스그극.

검세만큼이나 예리한 검풍이 폭풍처럼 휘몰아치며 사방을 갈가리 찢어발겼다.

그로 인해 무복은 물론이고 살갗 역시 베여 나갔지만 도주윤은 그런 것에 신경 쓸 겨를이 없었다.

석진호의 검을 막아 내는 것만으로도 온 신경을 집중해야 했기에 도주윤은 피가 흐르는 것도 감지하지 못한 채 청풍십팔검을 펼쳤다.

우우웅.

그런데 어느 순간 변화가 생겼다.

처절하게 청풍십팔검을 펼치던 도주윤이 무아지경에 빠졌던 것이다.

거기다 군더더기라고는 찾아볼 수 없는 완벽하고 효율적인 검초가 연달아 펼쳐졌다.

따다다당!

방금 전까지는 전혀 다른 수준이었지만 석진호가 감당 못할 정도는 아니었다.

또한 이렇게 되도록 그가 유도하기도 했고.

그래서 석진호는 도주윤이 좀 더 무아지경을 유지할 수 있도록, 청풍십팔검의 검로를 무의식적으로나마 몸에 각인시킬 수 있을 정도로 도와주었다.

흐름이 끊어지지 않게 도주윤의 검초를 받아 주었던 것이다.

"아!"

하지만 시작이 있으면 끝도 있는 법이었다.

武人還生
무인환생

게다가 본디 깨달음이란 자신이 감당할 수 있을 정도로만 주어진다.

자기 그릇 이상을 탐하게 되면 탈이 났다.

"지금을 놓쳐서는 안 됩니다."

벌떡!

불현듯 찾아온 깨달음이 아스라이 사라지는 듯한 느낌에 멍한 표정을 짓던 도주윤이 석진호의 말에 벼락같이 가부좌를 틀었다.

그러고는 깨달음을 수습하기 위해 명상에 들어갔다.

대오 각성이라 할 정도는 아니지만 그래도 지금의 그를 한 단계 더 발전시키기에는 충분하다 못해 넘치는 깨달음이었기에 도주윤은 운기행공에 들어갔다.

"이 은혜는 절대 잊지 않겠습니다. 그리고 언젠가 꼭 갚겠습니다, 석 공자님."

"아닙니다. 저는 그저 은혜를 갚은 것뿐입니다. 그러니 부담 갖지 않으셔도 됩니다."

어느새 헤어질 시간이 다가왔다.

이틀이라는 시간이 순식간에 지나가며 헤어질 때가 되었던 것이다.

그러나 도주윤, 도지윤 남매는 좀처럼 석진호의 별채에서 나갈 기미를 보이지 않았다.

특히 도주윤은 금방이라도 울 것 같은 표정을 지었다.

"이런 도움을 주셨는데 제가 어찌 잊을 수 있겠습니까."

"선대의 인연에 따라 서로 주고받은 것이라고 생각하시면 될 듯합니다."

"그럴 수 없습니다. 저 도주윤, 언젠가 이 은혜를 꼭 갚을 것입니다."

도주윤이 단호하게 고개를 저었다.

그리고 그건 옆에 서 있던 도지윤도 마찬가지였다.

가히 기연이라고 해도 과언이 아닐 정도의 도움을 받았는데 감사 인사만 하고 끝낼 수는 없었다.

그건 사람이 할 도리가 아니었다.

"지금은 사정이 넉넉지 않아 무엇도 해 드리기 힘든 형편이지만 가업이 자리를 잡으면 반드시 찾아가겠습니다, 석 공자님."

"안 그러셔도 되는데."

도지윤도 물러설 수 없다는 듯이 말하자 석진호는 고개를 저었다.

어째 둘 다 너무 크게 생각하는 것 같아서였다.

물론 두 사람의 입장에서는 큰 도움을 받은 게 맞았다.

그러나 석진호에게는 아니었다.

"부디 그때까지 강녕하셔요."

"청송표국의 번창을 기원하겠습니다."

武人還生
무인환생

길고 긴 대화가 끝나고 두 남매가 몸을 돌렸다.

하지만 가면서도 몇 번이나 뒤를 돌아보는 모습에 석진호는 고개를 저었다.

"잘하셨어요, 도련님. 저는 도련님이 자랑스러워요."

"자랑스러울 것까지야."

"석풍표국 사람들도 도련님을 자랑스러워하더라고요. 자신들의 자존심을 세워 줬다고요. 저는 그때의 광경만 떠올리면 심장이 벌렁거리지만요."

"그깟 놈쯤이야."

아직도 벌렁거린다는 듯이 손으로 가슴을 짚는 소하정의 모습에 석진호가 피식 웃었다.

범원강쯤은 백 명이 와도 두렵지 않은 게 그였다.

그리고 꼭 석풍표국을 위해서 실력 발휘를 한 것도 아니었다.

상황이 그리 만들어져서 나선 것뿐.

'그나저나 조용하네. 길길이 날뛸 줄 알았는데. 석풍표국 때문인가?'

엄밀히 말하면 석진호는 석풍표국 소속이 아니었다.

그저 석풍표국주와 먼 친척이고 석덕월과 인연이 있는 것뿐이었다.

한데 그게 사람들에게는 다르게 보이는 모양이었다.

"우리도 가자."

"대표두님께서 안부 전해 달라고 하셨습니다. 투덜거림도 함께요."

"더 있어서 뭐 해. 할 일도 없는데."

"초대는 많이 받지 않으셨습니까? 흐흐흐!"

정마륭이 음충맞게 웃었다.

그러나 석진호는 가차 없었다.

"가서 뭐 해. 하하 호호 하며 시간 낭비하라고?"

"그게 왜 시간 낭비입니까. 친목 도모죠, 친목 도모. 그리고 안면을 터 두어서 나쁠 것은 없지 않습니까."

"네 얼굴을 알리고 싶은 건 아니고?"

"헤헤! 겸사겸사? 저도 곧 무인이 될 테니까요!"

정마륭이 잔뜩 신이 난 기색으로 소리쳤다.

이틀 만에 그저 그런 후기지수였던 도주윤을 뜯어고친 이가 석진호였다.

게다가 석진호의 능력에 대해서는 그 누구보다 잘 알았기에 정마륭은 기대했다.

자신도 얼마 안 가 무인이 될 수 있다고 말이다.

"지금도 무인은 무인이지. 혼쾌십삼식은 무공 아냐?"

"어, 그런가요?"

"아직도 어설프기 짝이 없는 수준이기는 하지만. 그래도 어찌어찌 무인 행세를 할 정도는 되지."

"전 진정한 무인이 되고 싶습니다."

무인환생

정마룡이 고개를 저었다.

어중간한 수준은 결코 그가 원하는 것이 아니었다.

자고로 무인이라 함은 적어도 일류 정도는 되어야 한다고 생각했다.

검기상인의 경지 말이다.

"올해 안에는 불가능하겠는데."

"도 공자는 가능케 해 주셨잖습니까?"

"그건 타고난 재능이 있어서고. 기본적인 재능이 없었다면 저 정도 성장은 불가능했지."

"……결국 또 재능인가요."

정마룡이 낙담한 표정을 지었다.

잠시나마 꾸었던 달콤한 꿈이 연기처럼 사라지는 느낌이었다.

"급하게 달리다가 고꾸라진다. 차곡차곡 하나씩 쌓는 게 중요해. 그러다 보면 어느새 뒷산의 정상과 별 차이가 안 나는 곳에 서 있을 거다."

"중원오악 정도는 힘들겠죠?"

"다시 태어나."

석진호가 딱 잘라 말했다.

아무리 꿈은 자기 마음대로라지만 그래도 현실을 감안해야 했다.

공청석유로 목욕을 하고 만년화리, 천년설삼을 차례대로

먹지 않는 한 천하에서 다섯 손가락 안에 드는 건 불가능했다.

공력이 많다고 해서 꼭 고수인 것도 아니었고 말이다.

"너무하세요."

"어쩔 수 없어. 그게 현실이니까."

냉정한 석진호의 말에 정마룡이 울상을 지었다.

하지만 군말 없이 마부석에 가서 말을 모는 걸 배웠다.

앞으로는 마차를 몰 일이 생길지도 모른다며 모는 법을 탁윤과 교대로 배우라고 했기에 정마룡은 시무룩한 얼굴로 마부에게서 말을 모는 법을 배웠다.

"가자."

"예, 도련님."

어느새 성큼 다가와 있는 겨울을 느끼며 석진호가 묘한 표정을 지었다.

이 몸으로 정신을 차린 지 벌써 일 년이 지나가 있어서였다.

"역시 공자님도 기분이 좀 이상하죠?"

"아니."

"정말요?"

"응. 좋은 기억보다는 안 좋은 기억이 훨씬 많으니까."

냐아옹.

오늘이 마지막으로 머무는 날이었지만 석진호는 딱히 아쉬움이 없었다.

어깨에 늘어져 있던 흑휘 역시 마찬가지였고.

게다가 이별은 애초에 예정되어 있었다.

"근데 우리 어디로 가는 거예요?"

"일단 바닷가? 좀 탁 트인 곳에서 지내고 싶어서."

"바닷가요?"

정마릉이 눈을 깜빡거렸다.

바닷가라 그러자 몇 군데가 떠올랐던 것이다.

"도련님, 짐 다 실었어요!"

"근데 저걸 진짜 다 가져가야겠어?"

"물론이죠! 돈 아깝게 왜 새로 사요. 아직 쓸 만한데."

"가지고 가는 것보다 사는 게 더 편할 것 같아서지. 나 돈 좀 있다니까?"

석진호가 한숨을 쉬며 말했다.

이성적으로 놔두고 가는 게 훨씬 이득인데 소하정의 생각은 달랐다.

"있을 때 더 아껴야지요. 이사하면 생각지도 못한 지출이 얼마나 많은데요. 그렇다고 마차에 공간이 없는 것도 아니고, 가지고 갈 수 있는 건 다 가지고 가야죠."

"······알았어."

고집 아닌 고집을 부리는 소하정의 모습에 석진호는 고개를 저었다.

어제 하루 종일 설득했지만 소하정의 의지는 확고했다.

그리고 그 의지는 오늘도 변함이 없었다.

"진짜 가는구나."

"장주님."

제20장 승천무관(昇天武館)

"마지막까지 아버지란 말은 안 해 주는구나."

바쁜 와중에도 일부러 시간을 만들어 석진호를 찾아온 석명일이 쓴웃음을 지었다.

하지만 그런 그의 아쉬운 기색에도 석진호의 표정은 담담했다.

오히려 능숙하게 화제를 돌렸다.

"바쁘신 걸로 압니다만."

"그래도 자식이 나가는데 마지막 인사는 해야 하지 않겠느냐. 마음 같아서는 붙잡고 싶지만 내가 붙잡아도 가겠지?"

"예."

"어디로 가려는지도 말 안 해 줄 것이냐?"

"하북성 황화(黃驊)로 갑니다."

석진호가 순순히 대답했다.

말하지 않으면 직접 알아낼 것이 분명하기에 굳이 숨기지 않았던 것이다.

그런데 황화현에 간다는 말에 석명일의 얼굴이 살짝 밝아졌다.

생각했던 것보다 그리 멀리 가지 않아서였다.

"다행히 멀지 않구나."

"멀리 가기에는 유모의 나이가 적지 않아서요. 하북 태생이기도 하고."

"나는 좋구나."

생각보다 가까운 곳에 터를 잡는다는 말에 석명일이 흡족한 미소를 머금었다.

황화현이라면 마음만 먹으면 하루면 갈 수 있는 거리였다.

게다가 하북성 내였기에 석진호의 상황에 대해서 알아내기도 용이했다.

다만 한 가지 걸리는 것은 석가장에서 가까운 만큼 석풍표국에서도 가깝다는 점이었다.

"일단은 황화현에서 지낼 생각입니다."

"옮길 생각도 있나 보구나."

"예."

장소를 정했다고 해서 꼭 정착할 생각은 없었다.

무인환생

지내보다가 마음에 들지 않으면 다른 곳으로 옮겨 갈 생각도 있었다.

이 부분에 대해서는 모두와 충분히 논의를 한 상태였다.

"그래도 돌아오고 싶으면 언제라도 돌아오면 된다. 나는, 본장은 언제나 너에게 열려 있음을 잊지 말아 주었으면 좋겠구나."

"기억해 두겠습니다."

바쁜 일정을 미뤄 두고 왔기에 석명일은 어쩔 수 없이 본론을 꺼낼 수밖에 없었다.

그러나 그의 아쉬운 마음에도 불구하고 석진호의 반응은 늘 그렇듯이 심드렁했다.

기억은 해 두겠다고 하지만 표정과 말투를 보면 다시는 찾아오지 않을 듯했다.

'후우.'

그 모습에 한숨이 나왔지만 티를 내지는 않았다.

대신 사람 좋은 미소를 지어 보였다.

'천륜은 어쩔 수 없는 법. 그걸 곧 깨닫게 될 게다.'

긍정적으로 생각하며 석명일은 품속에 손을 집어넣었다.

원래 떠나는 서출에게 따로 주는 것은 없지만 이 정도는 장주 재량이었다.

게다가 석진호는 평범한 서출이 아니었기에 석명일은 준비한 봉투를 석진호에게 내밀었다.

"이것은?"

"선물이다. 문득 떠올려 보니 지금껏 생일 선물도 제대로 주지 못한 것 같아서 말이다. 마음 같아서는 이런 인정머리 없는 돈이 아닌 특별한 걸 주고 싶지만 생각해 보니 지금의 너에게 가장 필요한 게 또 돈일 것 같아서 말이다. 근데 계속 내가 들고 있게 할 거냐?"

멀뚱히 쳐다보기만 할 뿐 받을 기미를 보이지 않는 석진호를 향해 석명일이 장난스럽게 물었다.

그러나 석진호는 그 말에도 딱히 움직이지 않고 석명일을 쳐다봤다.

"별다른 뜻은 없다. 말 그대로 못해 준 게 떠올라서 주는 거니까. 그렇다고 엄청난 금액은 아니니까 부담 갖지 않아도 된다. 정 못 미덥다면 아예 열어서 전표 금액을 확인시켜 줄까?"

"감사히 쓰겠습니다."

의미는 순수하지 않지만 받아서 나쁠 것은 없었다.

빚이라는 생각도 들지 않았고.

게다가 받지 않으면 끝까지 자리에서 버틸 것 같기에 석진호는 어쩔 수 없다는 듯이 받았다.

"참, 나. 선물 하나 주기도 이렇게 어려워서야. 남들이 보면 부자지간이 아니라 거래하는 사람인 줄 알겠다."

"그럼 강녕하십시오."

"연락은 간간이 하마. 그러니 답장도 좀 해 주고. 매정하게

무인환생

무시하지 말고."

"노력해 보겠습니다."

마음 같아서는 그럴 일 없다고 딱 잡아떼고 싶었지만 그러기에는 등 뒤에서 느껴지는 소하정의 눈빛이 심상치 않았다.

반나절 동안 잔소리가 끊이질 않고 이어질 것 같았기에, 그리고 굳이 석가장주씩이나 되는 인물을 적으로 만들 이유는 없었기에 석진호는 적당히 대답한 후 몸을 돌렸다.

"잘하셨어요, 도련님."

"얼른 가자."

"으휴."

조금도 지체하고 싶지 않다는 듯이 마차 문을 여는 석진호의 모습에 소하정이 고개를 절레절레 저었다.

정나미 떨어지는 곳인 건 분명했지만 석진호의 고향이기도 했다.

그렇기에 소하정은 조금 걱정이 되었다.

석진호가 너무 자신의 뿌리를 거부하는 건 아닐까 싶어서.

"출발해."

"예!"

소하정과 탁윤이 착석한 것을 확인한 석진호가 곧장 마부에게 지시를 내리자 천장에 짐을 가득 실은 이두마차가 정문을 향해 천천히 나아갔다.

그리고 그런 마차의 모습을 석명일이 묘한 눈으로 사라질 때까지 응시했다.

한 대의 이두마차가 해변이 보이는 조그마한 건물 앞에 멈춰 섰다.

버텨 온 세월이 느껴지는 오래된 목조건물이었는데 관리를 잘해 놓았는지 고풍스러운 미가 있었다.

하지만 마부석에 앉아 있던 정마릉의 눈에 가장 먼저 보인 것은 삼 층 전각도 아닌 입구의 현판이었다.

"승천무관(昇天武館)?"

"응. 밥벌이는 하고 살아야지. 뭐, 당분간 관도는 너랑 윤이뿐이지만."

"그럼 나중에 저희가 무공 교두가 되는 겁니까?"

"나중에 천하에 무명을 알리겠다고 뛰쳐나가지 않는 한 그렇겠지?"

마차의 창문 밖으로 얼굴을 내밀며 석진호가 장난스럽게 웃었다.

그런데 그 말에 정마릉이 정색하듯 얼굴을 붉혔다.

"아니 저를 어떻게 보시고! 저 정마릉! 공자님께 견마지로를 다하겠다고 맹세한 몸입니다! 비록 태어난 날은 다르지만 같은 날……."

"거기까지. 도원결의도 아니고 뭐야."

"헤헤! 제 충정이 그 정도라는 거지요. 아, 그럼 이제 공자님이 아니라 관주님이라고 해야 하나요?"

"호칭이야 차차 정하면 되지. 어차피 우리 넷밖에 없는데."

규모가 그리 크지 않다 보니 입구를 지나기 무섭게 마차가 멈춰 섰다.

입구에서 건물까지의 거리가 그리 길지 않았던 것이다.

대신 좌우로 공간이 상당히 넓었다.

건물 뒤로 뒷마당도 보였고 말이다.

"고생하셨습니다."

"아니다. 거리가 얼마나 된다고."

싹싹한 정마륜의 인사에 나이 지긋한 마부가 웃으며 고개를 저었다.

중간중간 정마륜과 탁윤에게 가르치면서 왔기에 편하면 편했지 힘들지는 않았다.

더구나 소하정이 워낙 잘 챙겨 줘서 일을 했다는 느낌이 전혀 들지 않았다.

"그래도 저랑 윤이 가르쳐 주시느라 힘드셨을 텐데요."

"이게 내 일인데. 평생 동안 해 온 일이기도 하고."

"정말 대단하세요. 말을 다루는 게 쉽지 않은데."

"하면 다 돼. 그리고 앞으로는 너랑 윤이가 해야 하는 일이기도 하고."

"예?"

정마룡이 두 눈을 동그랗게 떴다.

무슨 말인지 순간적으로 이해가 되지 않았던 것이다.

하지만 늙은 마부는 그에게 설명해 주기보다는 석진호에게 다가갔다.

"석 공자님."

"아, 수고했어. 덕분에 편하게 왔어. 갈 때 조심히 가고."

다가오는 마부를 향해 석진호가 품속에서 작은 전낭을 꺼내 건넸다.

고생한 마부에게 수고비를 준 것이었다.

"안 그러셔도 되는데."

"고생했는데 이 정도는 챙겨 줘야지. 갈 때 맛있는 거라도 사 먹으면서 가."

"감사합니다. 그리고 마차와 말은 대표두님께서 석 공자님께 드리라고 하셨습니다."

"응?"

석진호가 당혹스러운 표정을 지었다.

이런 얘기는 전혀 들은 적이 없기에 살짝 당황한 것이었다.

"대표두님이 드리는 선물입니다."

"장가갈 밑천 또 날렸네."

"큭!"

석진호의 혼잣말에 마부의 입에서 웃음이 새어 나왔다.

생각지도 못한 말에 웃음을 참지 못했던 것이다.

반면에 정마룡은 대놓고 웃었다.

"푸하하하!"

"왜 웃어? 네 미래가 될지도 모르는데."

"에이, 전 늦어도 서른에는 갈 겁니다. 좋은 여자 있으면 바로 낚아챌 거고요."

"가능할까?"

석진호가 의미심장하게 웃었다.

근데 그게 묘하게 정마룡의 마음을 불안하게 만들었다.

"히, 힘들까요?"

"그건 나도 모르지. 내가 미래를 아는 것도 아니고. 하지만 그 목표를 이룰 방법은 나도 알고, 너도 알지."

"역시 답은 무공뿐인가요."

결론을 도출해 낸 정마룡을 일별한 석진호는 옆에서 조용히 서 있는 마부에게로 다시 시선을 옮겼다.

더불어 생각지도 못한 선물을 준 석덕월도 아주 잠깐 떠올려 주었다.

"조심히 가고. 나중에 볼 수 있으면 또 보자고."

"승천무관의 번창을 기원하겠습니다."

"고마워."

마부가 공손히 허리 숙여 인사하고는 몸을 돌렸다.

그 모습을 잠시 지켜보던 석진호는 이내 정마룡과 함께 집을 내렸다.

"야, 야! 넌 왜 내 머리 위에 올라가 있는 거야!"

"네 서열이 막내라서 그래."

"헐!"

소하정의 품에 있던 흑휘는 그녀가 부산을 떨며 움직이기 시작하자 곧바로 자리를 옮겼다.

대뜸 정마룡의 정수리로 올라갔던 것이다.

"마룡이는 마차 옮겨 놓은 후 말들 풀어놓고 와. 우리는 짐 정리하고 있을 테니."

"예."

"닭이랑 오리, 염소 같은 가축들을 키울 사육장도 있으니까 확인해 보고. 필요한 거 있으면 머릿속에 잘 기억해 놔. 짐 정리 얼추 해 놓고 필요한 물건들 사러 저잣거리에 갈 거니까."

"알겠습니다!"

정마룡이 예의 큰 소리와 함께 마차를 끌고 가는 것을 확인한 석진호가 소하정을 쳐다봤다.

무엇이 그리 급한지 벌써부터 부산을 떠는 모습에 석진호는 오늘 하루 일과가 연상되었다.

"뭐 하세요, 도련님? 얼른 옮겨야죠. 건물 안도 살펴봐야 하고, 필요한 것들도 확인해야 하는데. 부지런히 움직여야 잠자리에 들기 전에 끝낼 수 있어요! 아, 맞다. 청소도 해야지!"

"알았어."

무인환생

할 일이 태산이라는 듯이 요란스럽게 움직이는 소하정의 모습에 석진호는 나지막하게 한숨을 내쉬고는 소매를 걷었다.

✾

해가 뉘엿뉘엿 기울어 가는 시각에 일단의 무리가 승천무관에 접근했다.

이십여 명의 장정들이 은밀하게 승천무관을 향해 이동했던 것이다.

그런데 얼굴들이 하나같이 험상궂었다.

멀쩡한 얼굴을 가진 이를 찾아보기 힘들 정도로 다들 흉터 하나씩은 가지고 있었다.

"두목, 다시 한번 생각해 보시는 게 어떻습니까?"

"뭔 생각? 서출이 석가장에서 쫓겨나는 이유가 뭔데? 무능력해서 버려진 거 아냐? 그걸 모르는 사람이 있나?"

"그렇긴 합니다만 그래도 석가장입니다. 괜히 잠자는 사자의 코털을 건드리는 것은 아닐까요."

"걱정도 많다. 챙길 정도의 인재였으면 쫓아냈겠어? 그리고 너도 들었잖아. 유모 하나랑 하인 둘만 데리고 있는 거. 그러니 지금이 적기야. 다른 놈들이 털어먹기 전에 우리가 먼저 삼켜야 해. 가장 돈이 많은 지금 말이지."

홍갈파의 두목 마종칠은 두 눈을 희번덕였다.

부하들 중 가장 똑똑해서 지낭 삼아 곁에 두고 있는데 가끔 쓸데없이 걱정을 사서 하는 경우가 있었다.

바로 지금처럼 말이다.

물론 신중한 것은 좋았다.

하지만 무릇 모든 일에는 때라는 것이 있었다.

게다가 그는 절대 생각 없이 부하들을 데리고 온 게 아니었다.

'인원은 단 넷. 그중에 무장을 한 건 석가장의 애송이 하나.'

얼마 안 되는 시간이었지만 황화현의 뒷골목 중 하나를 확실하게 틀어쥐고 있는 그가 석가장의 핏덩이에 대해 알아보기에는 충분했다.

그래서 그는 망설이지 않고 곧바로 움직였다.

"형님 말씀이 맞습니다. 싹 털고 죄다 불태워 버리면 됩니다. 모든 흔적을 태워 버리면 제아무리 석가장이라고 해도 알아낼 수 있는 게 없죠."

"맞아. 우리가 작업 하루 이틀 하는 것도 아니고."

부하들이 키득거리면서 하는 말에 마종칠의 입가에도 미소가 맺혔다.

누가 부하 아니랄까 봐 그의 속내를 정확히 알고 있어서였다.

"저는 걱정이 됩니다. 너무 성급하게 결정하신 건 아닐까 하고요."

"그걸 걱정할 때가 아니다. 우리가 걱정할 건 금맥이냐, 개털이냐."

마종칠이 못마땅한 표정을 지으며 오춘걸을 쳐다봤다.

아까부터 계속 초를 치자 심기가 불편해진 것이었다.

"맞습니다, 두목!"

"얼른 털고 기루에 가시죠! 주머니가 두둑할 때 질펀하게 놀아야 하지 않겠습니까?"

"세상 물정 모를 때 털어먹어야 합니다!"

"문 열어!"

행동대장의 말에 백돈(白豚)이라 불리는 육중한 체구의 장한이 대문을 향해 성큼성큼 다가갔다.

그러고는 솥뚜껑만 한 손으로 낡은 대문을 거칠게 밀었다.

쿠웅!

부서질 듯 출렁이며 대문이 활짝 열렸다.

그런데 안쪽을 본 마종칠의 눈썹이 꿈틀거렸다.

마치 그들이 오는 걸 알고 있었다는 듯이 서 있는 핏덩이들의 모습에 마종칠이 의외라는 표정을 지었다.

"역시 세상은 참 각박해. 아무리 외지인이라지만 어떻게 하룻밤을 채 보내기도 전에 털어먹으려고 쳐들어오나."

"어떻게 알았지?"

"내 감각이 좀 예민하거든. 이걸 괜히 차고 있는 게 아니라고나 할까?"

툭툭.

석진호가 피식 웃으며 허리춤의 검을 손가락으로 건드렸다.

하지만 그 말에도 홍갈파의 무리는 조소를 머금었다.

서두르긴 했지만 그렇다고 아무것도 조사하지 않고 온 건 절대 아니었다.

"요즘에는 검만 차면 자기가 무인인 줄 아는 새끼들이 너무 많아."

"꼴값 떠는 거죠, 형님."

"우리는 뭐 눈깔이 동태 눈깔인 줄 아나?"

"허장성세는 통하지 않는단다, 아가야. 크크큭!"

석진호의 모습이 귀엽다는 듯이 왈패들이 낄낄거렸다.

하지만 그러면서도 홍갈파의 무리는 위협적으로 몸을 움직이는 것을 멈추지 않았다.

흉터와 문신을 더욱 도드라지게 행동했던 것이다.

"지금이라도 늦지 않았다. 가진 걸 다 내놓으면 저승에는 편하게 보내 주마. 아직 어려서 잘 모르겠지만 죽음이라고 해서 다 똑같지 않다. 고통 없이 가는 방법이 있고, 얼른 죽고 싶을 정도로 고통스럽게 가는 방법이 있다."

스스슥!

마종칠의 눈짓에 애꾸눈의 사내가 작은 단검을 빠르게 휘둘렀다.

武人還生
무인환생

장난감을 가지고 놀 듯 두 자루의 단검을 귀신같이 다루는 모습이었지만 석진호는 콧방귀를 뀌었다.

　나름 무리에서 칼귀신이라 불리는 모양인데 저 정도 수준은 무림에서 애들 장난에 불과했다.

　"뭐, 욕심이야 인간의 본능이니까. 근데 내가 무일푼이면 어쩌려고?"

　"그래도 석가장 서출 출신인데 설마 빈손일까? 내가 아무것도 안 알아보고 왔을 것 같아?"

　"호오, 나름 귀동냥을 하긴 했나 보네. 근데 너무 대충 한 거 같은데. 날 알면 이런 무모한 선택은 하지 않았을 텐데."

　석진호의 시선이 홍갈파를 훑었다.

　하지만 석진호의 말에도 홍갈파는 피식 웃었다.

　발군의 허장성세에 조소가 절로 나왔던 것이다.

　"애송아, 여기는 석가장이 아니다. 네놈을 지켜 주는 이는 아무도 없어. 그리고 죽은 자는 말이 없는 법이지. 그러니 곱게 뒈지고 싶으면 얌전히 가지고 있는 걸 다 내놔라."

　"석가장이 아니라서 참 다행이지. 다른 사람 눈치 안 보고 내 마음대로 할 수 있으니까. 그나저나 잘 왔어. 안 그래도 이 녀석들에게 실전 경험이 필요한 시점이었는데. 아주 적당해."

　"뭐라고?"

　마종칠이 어이없는 표정을 지었다.

　겁대가리를 상실한 것들이야 이미 질리도록 봐 왔다.

하지만 그것들도 결국에는 눈물, 콧물을 질질 짜며 목숨을 구걸했다.

그렇기에 마종칠은 더 이상 볼 것 없다는 듯이 심복이자 행동대장인 철웅(鐵熊)에게 눈짓했다.

"제가 나설 필요까지 있겠습니까, 핏덩이들 세 놈 상대하는 건데. 독사 선에서 끝날 겁니다. 뭐 하냐?"

"갑니다, 가."

철웅의 눈짓에 독사라 불린 중년인이 툴툴거리며 앞으로 나아갔다.

고작 애송이 셋을 상대로 자신이 나서야 한다는 게 마음에 들지 않았지만 계급이 깡패였다.

홍갈파 서열 삼 위인 철웅이 지시를 내리면 그로서는 따를 수밖에 없었다.

휘리릭.

입을 삐죽 내민 독사가 성큼성큼 걸어가며 팔을 뻗었다.

그러자 소매 속에 있던 비수 하나가 자연스럽게 그의 손아귀에 잡혔다.

"가운데 서출 놈은 남겨 두고. 우리 물주님이신데 특별 대우는 해 드려야지."

"예이, 예이."

등 뒤에서 들려오는 철웅의 말에 독사가 건성으로 대답했다.

그러면서 탁윤과 정마룡을 번갈아 쳐다봤다.

'깜둥이 녀석보다는 저 녀석을 가지고 노는 게 낫겠군. 딱 봐도 엄살이 엄청 심할 것 같은 녀석이니.'

독사는 순식간에 설계를 끝냈다.

어느 쪽을 가지고 놀아야 효과를 극대화할 수 있는지 계산이 나왔기에 독사는 망설이지 않고 정마룡에게 달려들었다.

"흐힙!"

가뜩이나 긴장해 있던 녀석이 자신의 쇄도에 움찔거리는 모습에 독사의 입가에 잔혹한 미소가 맺혔다.

역시나 예상했던 대로의 반응이어서였다.

그러나 딱 거기까지였다.

결과는 그의 예상과 정반대로 나왔다.

터턱!

움찔거렸던 것과 달리 정마룡은 너무나 능숙하게 독사의 팔을 튕겨 내고 되레 파고들어 아래턱을 날려 버렸다.

순식간에 방어와 공격을 연달아 펼쳤던 것이다.

그 결과 독사가 기절하며 허물어졌다.

"뭐야?"

"어떻게 된 거야?"

"진짜 애송이에게 당했다고?"

정신을 잃은 듯 바닥에 쓰러지는 독사의 모습에 왈패들이 어처구니없다는 표정을 지었다.

아무리 방심했다지만 독사는 뒷골목에서 닳고 닳은 녀석이었다.

그런 녀석이 단 한 방에 무너지는 모습에 홍갈파의 무리가 헛웃음을 흘렸다.

반면에 반사적으로 반격했던 정마룡은 긴장이 확 풀렸다.

'방금 전 그게 진짜 살기, 아니, 살의인가?'

정마룡도 경험이 아예 없지만은 않았다.

석가장에서 살수에 가까운 공격을 받은 적도 있었다.

하지만 그때는 노추삼이 살수를 뿌리기는 했어도 살의를 품지는 않았다.

그러나 독사는 달랐다.

진심으로 죽이겠다는 살의를 숨기지 않았었기에, 이런 왈패들의 시선을 받아 본 적이 없었기에 사실 많이 긴장했었다.

그런데 손 속을 겨뤄 보니 정마룡은 할 만하다는 생각이 들었다.

'노력은 배신하지 않는다.'

정마룡이 수도 없이 되뇌는 말이며 석진호 역시 인정하는 한마디였다.

그게 지금 그의 마음을 단단하게 잡아 주었다.

수련용 철도는 없지만 삼류 무공을 수박 겉핥기식으로 익힌 왈패들 정도는 맨손 박투로도 충분했다.

무인환생

혼쾌십삼식의 수련만큼이나 석진호가 말하는 게 빈손일 때의 싸움이었고, 그 수련을 위해 그는 늘 하루 중 일정한 시간을 탁윤과 맨손 대련을 해 왔다.

"멍청한 자식! 백돈! 네가 처리해!"

정마룡의 심장박동이 점차 제자리를 찾아 갈 때 철웅이 소리쳤다.

여전히 셋을 무시하는 듯한 외침에 정마룡의 입가에 미소가 맺혔다.

방금 전까지만 해도 처음 겪는 제대로 된 실전에 굳어 있었지만 지금은 아니었다.

실전 경험은 저 녀석들이 많을지 모르겠지만 실력은 그가 위였다.

'더구나 내 뒤에는 윤이와 공자님이 있다.'

쿵쿵쿵쿵!

육중한 체구만큼이나 발소리도 묵직했지만 정마룡은 겁먹지 않았다.

체격 차이가 두 배 이상 났지만 대신 그에게는 백돈에게 없는 공력이 있었다.

'쥐꼬리만 한 공력이라도 있는 것과 없는 것의 차이는 크다고!'

정마룡이 땅을 박찼다.

굳이 상대가 올 때까지 기다릴 필요는 없다고 생각해서였다.

그리고 뒤늦게 선수필승이라는 네 글자가 떠오르기도 했다.

빠각!

거대한 만큼 민첩하지 못한 백돈의 이마에 정마룡의 손날이 박혔다.

동시에 백돈의 머리가 젖혀지며 무게중심이 뒤로 넘어갔고, 그 틈을 이용해 정마룡은 다리를 걸어 확실하게 무너뜨렸다.

퍼퍼퍽!

그 뒤는 일사천리였다.

묵직한 소리와 함께 뒤로 넘어간 백돈을 정마룡은 발로 잘근잘근 밟았다.

반격을 못 하게 두 팔부터 무력화시키는 용의주도함도 보여 주면서 말이다.

"저 새끼가!"

"뭐 해! 얼른 족치지 않고!"

독사에 이어 백돈마저 쓰러지자 마종칠이 버럭 소리를 질렀다.

쪽팔림도 이런 쪽팔림이 없어서였다.

그리고 그건 다른 이들도 마찬가지인 듯 군말 않고 일제히 정마룡을 향해 달려들었다.

쿠웅.

하지만 그들 중 정마룡에게 접근한 이는 반의반도 되지 않았다.

뒤에서 지켜보고 있던 탁윤이 일제히 달려드는 홍갈파의 모습에 들소처럼 질주해 밀어 버려서였다.

"크아악!"

"꺽!"

무지막지한 힘으로 밀어 버리는 공격에 열 명 가까이가 튕겨 날아갔다.

그 모습에 철웅은 물론이고 마종칠도 어처구니없다는 표정을 지었다.

반대로 오춘걸의 얼굴은 창백하게 변했다.

단둘만으로 반수 이상이 쓰러지자 자신의 직감이 맞았음을 깨달을 수 있어서였다.

"이놈이!"

그러나 철웅의 생각은 다른지 시뻘겋게 달아오른 얼굴로 땅을 박찼다.

방금 전 부하들을 날려 버린 것처럼 똑같이 탁윤을 뭉개 버리겠다는 듯이 저돌적으로 달려들었던 것이다.

콰앙!

하지만 철웅의 공격은 가만히 서 있는 탁윤을 조금도 밀어내지 못했다.

오히려 그가 되레 튕겨 날아갔다.

털.

믿을 수 없다는 듯한 눈빛으로 허공에 붕 떠 있던 철웅의 앞이 가려졌다. 솥뚜껑 같은 탁윤의 손이 그의 안면을 삽시간에 뒤덮었던 것이다.

쿠웅!

한 손으로 철웅의 큼지막한 얼굴을 붙잡은 탁윤은 그대로 번쩍 들어서 땅에 메다꽂았다.

이윽고 옆얼굴이 땅에 처박힌 채로 철웅이 정신을 잃었다.

"으으!"

그 광경에 홍갈파의 무리가 멈칫거렸다.

행동대장인 철웅을 단 한 수 만에 기절시키자 모두 압도당한 것이었다.

하지만 가장 크게 충격을 받은 이는 마종칠이었다.

자신과 비교해도 크게 뒤떨어지지 않는 철웅을 한 방에 제압하자 마종칠은 본능적으로 등 뒤를 살폈다.

푹!

그런데 그때 볼에서 따끔한 느낌과 함께 무언가가 흘러내리는 느낌이 들었다.

"안 되지, 안 돼. 어딜 내빼려고. 들어오는 건 자유지만 나가는 건 내 동의를 받아야 해."

꿀꺽!

실금처럼 가늘게 베인 볼의 상처에서 피가 주르륵 흘러내렸지만 마종칠은 감히 닦을 엄두를 내지 못했다.

만약 보이지도 않았던 검기가 볼이 아닌 목을 노렸다면 이미 진즉에 죽은 목숨이었다는 걸 알 수 있어서였다.

동시에 후회하고 또 후회했다.

오춘걸의 말을 좀 더 귀담아들을 걸 하고 말이다.

'좆 됐다……'

하지만 후회는 아무리 빨리 해도 늦은 법이었다.

그렇기에 마종칠은 울고 싶었다.

"둘 다 뭐 해? 마무리 지어야지."

이미 반쯤 영혼이 빠져나온 듯이 멍한 표정을 짓고 있는 마종칠을 일별하며 석진호가 탁윤과 정마룡을 쳐다봤다.

결과는 나왔지만 아직 끝난 건 아니었다.

그렇기에 석진호는 턱짓으로 홍갈파의 무리를 가리켰다.

퍼석!

"사, 살려 줘! 아니, 살려 주십시오! 다시는 이곳에……!"

석진호의 말이 끝나기 무섭게 탁윤이 철웅의 머리를 짓밟아 터트렸다.

마치 개구리를 밟아서 터트리듯이 아무렇지 않은 얼굴로 철웅을 죽이자 홍갈파의 왈패들이 다급하게 소리쳤다.

하지만 그런 그들의 간절한 구걸에도 탁윤은 멈추지 않았다. 명령을 받았으니 이행한다는 듯이 한 명 한 명 확실하게 처리했다.

"죽어!"

"같이 죽자!"

조금도 흔들리지 않는 탁윤의 모습에 왈패들의 눈빛이 달라졌다. 구걸해도 살려 줄 것 같지 않자 이판사판이라는 듯이 덤벼들었던 것이다.

그러나 검기도 아닌 날붙이만으로는 탁윤에게 생채기밖에 내지 못했다.

"뭐 해?"

"어……."

"못 할 것 같아?"

일말의 망설임도 없이 목을 꺾거나 머리를 뭉개 버리는 탁윤과 달리 정마륭은 머뭇거렸다.

살면서 사람을 죽여 본 적이 없어서였다.

그래서 그는 탁윤이 놀라웠다.

아무리 석진호가 시켰다지만 저렇게 아무렇지 않게 사람을 죽이는 건 쉽지 않은 일이었다.

"못 하면 어쩔 수 없지. 네 마음가짐이 여기까지라는 소리니까. 강요할 생각도 없고. 하지만 무인이 되겠다는 꿈은 포기하는 게 좋을 거야."

흠칫!

우물쭈물하던 정마륭이 순간 움찔거렸다.

武人還生
무인환생

동시에 한 가지 생각이 머리를 관통했다.

죽이지 못하면 자신이 죽는다는 생각 하나와, 자신이 죽이지 않으면 탁윤이나 소하정이 홍갈파의 손에 죽거나 그에 준하는 일들을 겪을지도 모른다는 생각이 들자 정마룡의 눈빛이 독해졌다.

으드득!

협객은 결코 꽃길만 걷지 않는다.

오히려 시산혈로(屍山血路)를 가로지르는 게 협객이며 무인이었다.

거기까지 생각이 닿은 정마룡은 기절해 있는 독사의 목을 부러뜨렸다.

"살려 주십시오! 제발 살려 주십시오!"

탁윤에 이어 정마룡도 청소에 손을 보태자 마종칠이 바닥에 납작 엎드렸다.

두 사람도 만만치 않은 강자들이었지만 가만히 서 있는 석진호에 비할 바는 아니었다.

게다가 최종 결정권자는 석진호였기에 마종칠은 굴욕도 잊은 듯이 머리를 조아렸다.

"태세 전환이 너무 빠른 거 아냐? 그리고 역지사지라는 말처럼 반대로 생각해 보자고. 만약 내가 힘이 없었고 너에게 살려 달라고 구걸했다면, 과연 넌 나를 살려 줬을까?"

"……."

"거봐, 너도 말이 안 된다고 생각하지?"

"한 번만 아량을 베풀어 주시면 다시는 이 근처에 얼씬도 하지 않겠습니다. 하북성을 떠나 광서성, 광동성으로……."

"내가 왜 굳이 그래야 하지? 언제고 돌아올지도 모를 후환거리를 굳이 왜?"

주저리주저리 나불거리던 마종칠의 입이 다물렸다.

가장 깔끔한 방법이 싹 다 죽여 버리는 것임을 그 역시 너무나 잘 알아서였다.

그 또한 살인멸구에다가 이곳을 불태워 버릴 생각까지 하고 있었고.

'제, 젠장!'

하지만 이해한다고 해서 꼭 받아들일 수 있는 건 아니었다. 다른 것도 아니고 자신의 목숨이 걸린 일이었다.

그렇기에 마종칠은 두 눈을 뒤룩뒤룩 굴렸다.

"끄아악!"

마종칠이 고민하는 사이에도 부하들은 계속해서 죽어 나갔다.

반항하는 이들이 대부분이었지만 누구 하나 탁윤을 멈춰 세우지 못했다.

그 정도로 탁윤의 외공은 압도적이었다.

"거기 너."

"예, 예!"

武人還生
무인환생

"딱 보니 저놈 책사 역할 하는 것 같은데, 무리 내에서 아는 게 제일 많지?"

"그렇긴 합니다만……."

바짝 얼어서 아무 말도 하지 못하고 있던 오춘걸이 석진호의 시선에 반사적으로 대답했다.

그러면서 의아한 표정을 지었다.

어째서 자신을 불렀는지 이해가 안 되었던 것이다.

"그럼 저 녀석은 필요 없겠군."

"컥!"

엎드려 있던 마종칠의 머리에 구멍이 뚫렸다.

지풍으로 단숨에 죽여 버렸던 것이다.

그 모습에 오춘걸이 몸을 부르르 떨었다.

"다 정리했습니다. 공자님."

"윤이는 남아서 싹 다 정리하고. 핏자국 보면 유모가 깜짝 놀랄 테니까 깔끔하게 흙으로 덮어 놔."

"예."

"마룡이는 날 따라오고."

석진호가 오춘걸을 향해 성큼성큼 다가갔다.

그러자 오춘걸의 몸이 사시나무처럼 떨리기 시작했다.

대화 몇 번 나누는 사이에 그를 제외한 모두가 시체로 화해서였다.

홍갈파 중 두 다리로 멀쩡하게 서 있는 건 그밖에 없자 오춘걸이 마른침을 삼켰다.

"앞장서. 전리품 챙기러 갈 거니까."

"예, 예!"

오춘걸이 다급하게 길 안내를 하기 시작했다.

이제야 석진호가 어째서 자신을 살려 두었는지 이해되었던 것이다.

동시에 겉보기와 달리 만만치 않다는 생각이 들었다.

보통은 죽이는 것으로 끝내는데 석진호는 그렇지가 않아서였다.

'황화현에 피바람이 불겠구나…….'

오춘걸은 본능적으로 느꼈다.

이곳에 거대한 태풍이 닥쳐왔다고 말이다.

하지만 그 생각은 얼마 가지 못했다.

이내 자신의 목숨을 생각하며 오춘걸은 바짝 마른 입술을 혀로 핥으며 홍갈파의 본부로 향했다.

황화현의 뒷골목 중 한 곳을 차지하고 있던 홍갈파가 증발했지만 의외로 마을은 조용했다.

홍갈파와 우호적인 관계를 맺고 있던 곳이 없는 건 아니었지만 뒷조사 후 석진호에 대해 알아내고는 알아서 납작 엎드렸다.

녹림십팔채 중 한 곳인 흑오채를 박살 내고, 석풍표국과

무인환생

하북팽가와도 인연이 있다는 사실을 알아내자 감히 덤벼들
엄두를 내지 않았다.

게다가 상계의 거물인 석가장 출신이었기에 누구도 홍갈
파의 일을 가지고 따지지 못했다.

"얘네들은 앞으로 네가 돌봐 줘야 할 애들이다."

냐옹?

이른 아침부터 석진호의 어깨에 앉아 온갖 아양을 떨던 흑
휘가 두 눈을 동그랗게 떴다.

닭장 안에 옹기종기 모여 있는 닭들은 물론이고 풀밭을 뛰
어노는 두 마리 말과 소 한 마리, 그리고 염소 한 쌍의 모습
에 당황한 것이었다.

"크게 신경 쓸 건 없어. 알아서 잘 크니까. 다만 이곳에
침입하는 녀석들은 네가 막아 주었으면 해. 심심풀이로 말
이지."

크르릉.

석진호의 말을 알아들은 모양인지 흑휘가 송곳니를 드러
내며 사람처럼 웃었다.

안 그래도 석가장에서 흉성을 참기 힘들었는데 이곳에서
는 굳이 참지 않아도 될 것 같아서였다.

"가끔 이 녀석들 운동도 시켜 주고. 같이 놀아도 되고. 여
기에서는 사냥도 맘껏 해도 돼."

야아옹!

흑휘가 신난다는 듯이 길게 울었다.

그러고는 꼬리를 살랑살랑 흔들었다.

소하정이나 정마룡, 탁윤이 주는 육포도 맛있지만 역시 제일 맛있는 건 신선한 고기였다.

게다가 사냥하는 재미도 있었기에 흑휘가 오랜만에 기대된다는 듯이 울부짖었다.

"녀석. 그렇게 좋아?"

고롱. 고로롱.

신나 하는 흑휘의 모습에 석진호가 피식 웃으며 미간을 살살 긁어 주었다. 그러고는 흑휘가 인사할 수 있도록 말과 소, 염소에게 다가갔다.

부르르르!

하지만 석진호의 의도와는 달리 흑휘와 눈을 마주한 동물들은 경기를 일으켰다.

닭들은 아예 부리를 땅에 박았고, 염소와 말은 후다닥 도망갔다. 유일하게 소 한 마리만이 퉁방울만 한 눈을 끔뻑이며 흑휘를 마주 쳐다봤다.

할짝.

그 모습에 흑휘가 마음에 든다는 듯이 소의 머리 위로 올라가 이마를 핥아 줬다.

"소가 가장 순하기는 하지. 눈알이 뒤집히면 엄청 무서워지지만."

아직은 송아지와 소의 사이에 있었지만 그럼에도 덩치는 산만 했다.

그런 소의 머리 위에 자리를 잡고 앉아 있는 흑휘의 모습을 잠시 지켜보던 석진호는 이내 몸을 돌려 뒷마당으로 향했다.

"오셨어요, 도련님? 아, 이제는 관주님이라고 불러 드려야 하나요?"

"편한 대로 해. 관주도 나고 도련님도 나니까. 관도라고 해 봤자 윤이랑 마룡이밖에 없는데."

"그래도 호칭은 확실하게 해야죠. 새로운 관도들이 들어오면 관주님이라고 할게요."

머리에 새하얀 두건을 쓴 채로 소하정이 해맑게 웃었다.

석가장에서는 보기 드문 미소에 석진호의 시선이 텃밭으로 향했다.

"아직 겨울인데 천천히 하지 뭘 벌써부터 일을 하려 그래? 적응도 할 겸 좀 느긋하게 쉬지. 이제는 눈치 볼 사람도 없는데."

"쉬기는요. 겨울에 재배할 수 있는 채소들도 있는데요. 내일 보리랑 마늘을 조금 심어 볼 거예요. 봄이 되면 규모도 좀 더 키우고요."

"사시사철 농사지으려고?"

석진호가 헛웃음을 흘렸다.

돈이 어마어마하게 많은 건 아니지만 네 식구 정도는 충분히 먹고살 정도의 돈이 있었다.

 흑오채 산적들의 현상금도 있었고, 산채에서 털어 온 재산과 어제 홍갈파의 본거지에서 가져온 돈도 상당했다.

 물론 고리대금으로 불합리하게 거둬들인 돈은 제 주인들에게 돌려주었다.

 하지만 그것 말고도 금액이 꽤 컸기에 크게 낭비만 하지 않는다면 풍족하게 생활하는 건 가능했다.

 "제 작은 꿈 중 하나였어요. 이렇게 평화로운 곳에서 텃밭을 가꾸면서 사는 거요."

 "평화롭긴 하지. 조금 외진 장소니까."

 "그래도 시전이랑 딱히 먼 건 아니니까요. 고적하니 저는 좋아요. 일단 마름이가 말이 많잖아요, 호호!"

 "거의 세 사람 몫을 떠들지."

 석진호는 순순히 고개를 끄덕였다.

 생각만큼이나 말이 많은 게 정마름이었다.

 그래도 한 살 더 먹었다고 과묵해지려 노력은 하고 있었지만 효과는 거의 없었다.

 "조용한 사찰보다야 낫죠. 저는 오히려 고마운 걸요. 제 말상대를 해 주어서."

 "안 그래도 그것 때문에 유모랑 논의 좀 하려고."

 "저랑요?"

무인환생

흘러내린 두건을 위로 올리며 소하정이 눈을 껌뻑거렸다.

그녀가 생각하기에 아직은 딱히 논의할 게 없어서였다.

"응. 혼자서 관리하기는 힘들잖아. 윤이랑 마룡이는 앞으로 수련하는 시간이 길어질 테고. 그렇다고 유모 혼자 살림하기에는 건물이 너무 커. 그래서 사람을 좀 뽑았으면 해."

"당분간은 괜찮을 것 같은데요? 저까지 해도 넷밖에 안 되는데요. 청소야 매일 하면 그리 힘들지도 않고요. 건물만 좀 커졌지 하는 일은 석가장에 있을 때랑 비슷해요."

"가축들도 있고, 텃밭도 가꾸려면 혼자서는 시간이 부족할 거 같은데? 유모 나이도 생각해야지. 지금은 괜찮지만 내년에는 달라질 거야. 그러니 미리 일손을 뽑아서 가르치는 것도 나쁘지 않다고 봐. 많이 뽑겠다는 게 아니라 한둘 정도는 괜찮을 것 같아서."

"한둘이라."

소하정이 고개를 주억거렸다.

확실히 그녀 혼자서 다 감당하기에는 일이 많이 늘기는 했다. 반면에 탁윤과 정마룡은 더 이상 그녀를 거들어 주기 힘든 상황이고.

이제는 하인이라기보다는 무인에 가까웠기에 석진호의 말마따나 일손을 한두 명 채용하는 것도 나쁘지는 않을 것 같았다.

"그리고 이거."

"이건?"

"앞으로는 유모가 관리해. 사람들 월봉 주려면 돈 관리도 유모가 해야지."

"제가 관리하기에는 액수가 너무 큰데요?"

조심스럽게 전낭을 열어 본 소하정의 두 눈이 화등잔만 하게 커졌다.

예상했던 것보다 훨씬 많은 금액이 들어 있는 전낭에 소하정이 비명을 지르듯 소리쳤다.

"한꺼번에 다 쓰라는 것도 아닌데 뭘. 그리고 나나 윤이, 마룡이가 돈 쓸 일이 어디 있어? 계산하는 것도 대부분 유모가 하니까 이참에 관리해."

"그래도 너무 금액이 큰데요."

"한꺼번에 쓸 것도 아닌데 뭘. 쓸데없는 곳에 낭비하면 다시 회수할 거니까 너무 걱정하지 말고."

"그럼 안심이네요."

소하정이 안도의 한숨을 내쉬었다.

심장이 벌렁거리는 건 여전했지만 그래도 방금 전보다는 많이 가라앉았다.

그러면서 품속 깊숙이 전낭을 집어넣었다.

"애들 데리고 수련하고 있을 테니까 유모도 무리하지 말고 적당히 해. 특히 허리 조심하고."

"확실히 한 살 더 드시기는 했네요. 저에게 잔소리도 다 하

武人還生
무인환생

고."

"걱정되어서 그러지."

"이제야 제 마음을 이해하셨네요. 저도 늘 도련님이 걱정되어서……."

"간다."

본능적으로 소하정의 입에서 잔소리가 시작될 낌새를 느낀 석진호가 곧장 몸을 내뺐다.

이럴 때는 도망치는 게 상책이라는 걸 너무나 잘 알았기에 그는 뒤도 돌아보지 않고 앞마당으로 달려갔다.

"으이그."

그 모습에 소하정이 피식 웃으며 다시 텃밭에 어지럽게 널브러져 있는 돌들을 치우기 시작했다.

그런데 밭일을 하는 것답지 않게 소하정의 얼굴은 밝았다.

❋

쏴아아아. 쏴아아아!

파도와 함께 해변에 새하얀 포말이 일어났다가 사라졌다.

그러나 아침 일찍부터 해변에 나온 탁윤과 정마룡은 파도도, 포말도 볼 시간이 없었다.

"어푸푸! 어푸!"

어깨가 잠길 정도로 바닷속에 깊숙이 들어와 있던 정마룡이 다급한 표정을 지었다.

수영을 못하는 그에게 이 정도 깊이는 공포를 주기에 충분해서였다.

"이참에 수영도 배운다고 생각해."

"중심 잡기가 너무 힘듭니다, 관주님."

"그것도 다 수련이야. 그리고 수중 훈련이 얼마나 좋은데. 몸에 무리가 덜 갈뿐더러 여러 가지를 동시에 얻을 수 있지."

"……관주님도 처음 아니세요?"

"난 타고난 재능이 다르니까."

혼쾌십삼식의 투로를 펼치기는커녕 중심조차 제대로 잡지 못하는 자신과 달리 석진호는 너무나 편하게 이동하며 초식을 수련하고 있었다.

정마룡은 그걸 보면서도 믿기지가 않았다.

분명 파도가 그를 차별하는 게 아닐진대 석진호는 너무나 편하게 수련하는 것 같아서였다.

파앙! 팡!

거기다 묵직하게 중심을 잡고 맹호팔권을 수련하는 탁윤도 그를 초조하게 만들었다.

자신만 유독 뒤처지는 거 같아서였다.

"너무하세요."

"어쩔 수 없어. 사실이니까. 근데 재능이 있어도 노력하지 않으면 소용이 없어."

武人還生
무인환생

석진호의 말에 정마룡이 다시 묵묵히 수련하기 시작했다.

예측이 불가능할 정도로 파도가 연신 그를 때렸지만 정마룡은 혼쾌십팔식에 집중했다. 몸을 기우뚱거리면서도 철도를 쉬지 않고 휘둘렀던 것이다.

'죽어라 하는데 얻는 게 있겠지.'

석진호는 괜히 황화현에 자리를 잡은 게 아니었다.

여러 가지를 다 따져 본 후 최적의 장소가 황화현이라고 판단하여 이곳으로 온 것이었기에 석진호는 물결을 느끼면서 태극번천무를 수련했다.

'오랜만이긴 하네. 이렇게 바닷물 속에서 수련하는 것도.'

중수(重水)가 있었다면 좋겠지만 파도도 나쁘지 않았다.

특히 날씨가 나쁜 날은 더욱 좋았다.

파도가 미쳐 날뛸수록 수련의 효과는 배가되었다.

물론 정마룡이야 죽는소리를 해 대겠지만 말이다.

'홍갈파가 약이 되었어.'

안 그래도 살인이라는 부분에 대해서 짚고 넘어갈 생각이었는데 너무나 시기적절하게 홍갈파가 찾아와 줘서 고민을 해결할 수 있었다.

겸사겸사 재산도 불리고 말이다.

"어푸! 어푸푸!"

석진호가 이런저런 생각을 하며 태극번천무의 투로대로 수련을 할 때 정마룡이 거칠게 물을 토해 냈다.

파도가 뺨을 때리며 짠물을 입안 가득 채웠던 것이다.

머리가 짜릿해지는 진한 짠맛에 정마룡이 토를 하듯 입을 벌렸다.

"괜찮으세요?"

"으으! 죽을 것 같아. 균형 잡으랴, 혼쾌십삼식을 펼치랴. 거기다 지금 한겨울인 거 너도 알고 있지?"

"저는 괜찮은데요."

"……너야 워낙에 강철 같은 몸뚱이를 가지고 있잖아. 그에 반해 나는 평범한 몸을 가지고 있다고."

정마룡이 몸을 떨었다.

파도도 파도지만 찬 바닷속에 계속 있으니 체온이 실시간으로 떨어지는 듯한 느낌이었다.

추위에 정신은 말짱하지만 몸이 서서히 무뎌지는 느낌이라고나 할까.

게다가 체력이 떨어져서 그런지 시간이 갈수록 손에 쥐고 있는 박도가 무겁게 느껴졌다.

"공력은 가지고 있어서 뭐 해?"

"어? 공력 써도 돼요?"

"내가 언제 안 된다고 했던가? 그리고 내가 누누이 말했을 텐데. 가지고 있는 힘을 최대한 효율적으로 사용할 줄 아는 것도 기술이라고."

"바로 사용하겠습니다!"

武人還生
무인환생

정마룡이 힘차게 대답하며 다시 혼쾌십팔식을 수련하기 시작했다. 하지만 그 호기는 얼마 가지 못했다.

한 식경이 채 가기 전에 다시 빌빌댔던 것이다.

"반 시진 정도인가. 뭐, 처음치고는 나쁘지 않네."

애초에 공력이 턱없이 적었던 정마룡이었다.

그렇기에 석진호는 정마룡이 금세 지쳤음에도 딱히 타박하지 않았다. 딱 그가 예상한 정도였기에 정마룡을 지나 탁윤을 쳐다봤다.

퍼펑! 펑!

조금은 통통했던 체격이 무공을 수련하면 탄탄한 모습으로 바뀌었다. 그뿐만 아니라 탁윤의 맹호팔권은 하루가 다르게 성장하고 있었다.

변초나 응용에는 약한 모습을 보였지만 강력한 파괴력이 그 약점을 상쇄했다. 보고도 막을 수 없는 공격이란 말처럼 압도적인 힘 앞에는 기교나 기술도 소용이 없었다.

"경험이 쌓이면 응용 능력 역시 상승할 테니 지금 걱정할 부분은 아니지. 바다 수련은 이쯤 하자."

"드, 드디어!"

"알겠습니다!"

"그렇다고 일이 끝난 건 아니고. 통발 확인해야지. 오늘은 좀 잡혔으면 좋겠는데."

수련의 종료를 알린 석진호가 해변으로 걸어 나왔다.

그 뒤로 홀딱 젖은 탁윤과 정마룡이 나왔다.

스으으읏.

"공력을 어느 정도 쌓아야 저도 관주님처럼 그렇게 옷을 말릴 수 있을까요?"

정마룡이 석진호를 쳐다보며 눈을 반짝였다.

몇 번이고 본 광경이었지만 볼 때마다 신기하고 부러웠다.

"나 정도로 진기를 통제할 수 있다면 한 삼십 년?"

"그럼 일반적으로는요?"

"최소 일 갑자는 되어야 가능할걸."

"육, 육십 년씩이나요?"

정마룡이 질린 표정을 지었다.

현재 그의 공력은 십 년도 채 안 되는 수준이었다.

그렇기에 정마룡은 잔뜩 실망한 얼굴로 한숨을 내쉬었다.

"언젠가는 되겠지. 설마 죽기 직전에도 못하겠어?"

"그렇겠죠?"

"쥐뿔도 없던 때를 생각해. 그때에 비하면 지금은 무려 십 년 가까이나 있잖아? 짧은 시간에 그 정도도 대단한 거야. 그리고 공력은 굴릴수록 더 빨리 쌓이기도 하니까 너무 실망하지 말고."

"알겠습니다!"

석진호의 격려 아닌 격려에 힘이 좀 생긴 듯 정마룡이 우렁차게 대답하고는 통발을 던져둔 곳을 향해 달려갔다.

무인환생

공력을 움직여 석진호처럼 옷을 말릴 수 없으니 체온을 올려 수분을 날리려는 것이었다.

"저는 두 번째 통발로 가 보겠습니다."

"그래."

"있다! 우와! 문어예요, 문어! 그것도 왕문어입니다! 오늘 저녁은 문어숙회다!"

언제 지쳤냐는 듯이 정마룡이 방방 뛰었다.

그런 그의 손에는 붉은 기가 감도는 큼지막한 문어가 들려 있었다.

보름달이 하늘 높이 휘영청 떠올라 있는 야심한 시각.

아직도 잠자리에 들지 않고 연공하는 석진호의 곁에서 몸을 둥글게 말고 있던 흑휘가 두 눈을 번쩍 떴다.

그러고는 귀를 쫑긋거리더니 몸을 일으켰다.

오늘도 어김없이 자신의 영역에 불청객이 찾아온 걸 확인한 흑휘는 닫혀 있는 창문을 앞발로 살짝 열고서는 곧장 뒷마당으로 달려갔다.

푸드덕! 푸덕!

암탉 네 마리가 홰를 치며 난리 법석을 떨었다.

닭장 밖에 서 있는 족제비의 서늘한 눈빛에 잔뜩 겁에 질려 있는 것이었다.

그나마 유일한 수탉이 위협하듯 두 날개를 활짝 펴고서 덩치를 불렸지만 족제비는 눈 하나 깜빡이지 않았다.

오히려 가소롭다는 듯이 낮게 울면서 천천히 다가왔다.

푸득!

느긋하게 다가오는 족제비의 모습에 수탉의 두 눈에 절망이 서렸다.

본능적으로 포식자를 이길 수 없음을 알 수 있어서였다.

그러나 포기하지는 않았다.

죽더라도 반항은 하겠다는 듯이 도망치는 암탉들과 달리 족제비의 두 눈을 마주하며 앞으로 천천히 다가갔다.

투둑. 투두둑.

자신을 희생해서라도 족제비를 막겠다는 의지를 두 눈 가득 뿌리며 수탉이 날개를 모았다. 하지만 그런 수탉의 모습에 족제비가 비웃듯이 날카로운 송곳니를 드러냈다.

한낱 먹잇감 따위가 도망치기는커녕 덤벼들 것처럼 다가오자 같잖았던 것이다.

그래서 족제비는 친히 피식자의 위치를 알려 주기로 마음먹었다.

퍼억!

한데 그때 무지막지한 충격이 볼에서 느껴졌다.

거대한 무언가가 머리를 후려친 듯한 충격에 족제비가 무

무인환생

기력하게 날아가 바닥을 나뒹굴었다.

푸르륵! 푸륵!

꼴사납게 바닥을 구른 족제비가 거칠게 머리를 흔들었다.

그러고는 송곳니를 드러내며 방금 전까지 자신이 있던 곳을 노려봤다.

대체 뭐가 자신을 공격한 것인지 확인하려 했던 것이다.

흠칫!

그러나 족제비의 흉흉한 기세는 창졸간에 사라졌다.

닭장 앞에 도도하게 서 있는 검은 고양이를 보자 살의가 순식간에 흩어졌다.

동시에 온몸을 떨기 시작했다. 수탉처럼 본능적으로 포식자의 등장을 알아차리고는 겁에 질렸던 것이다.

그르릉.

그 모습에 흑휘가 입을 꿈틀거리며 웃었다.

잔뜩 겁에 질려 있는 모습을 보자 아주 흡족했던 것이다.

하지만 그렇다고 해서 살려 둘 생각은 조금도 없었다.

감히 자신의 영역을 침범한 녀석을 살려 둘 정도로 흑휘는 물렁하지 않았다.

오히려 그 누구보다 잔인하게 죽이는 게 흑휘였다.

죽이지 못하면 죽는 곳.

그게 야생에서 흑휘가 배운 것이었다.

또한 지금까지 살아남을 수 있었던 이유 중 하나였고.

주르륵.

흑휘의 살기를 느낀 것인지 족제비가 몸을 바르르 떨면서 오줌을 지렸다.

단순히 시선을 마주하는 것만으로도 극한의 두려움을 느끼고 있는 것이었다.

사삭. 사사삭.

그런 족제비를 향해 흑휘가 천천히 다가갔다.

하지만 그럼에도 족제비는 조금도 움직이지 못했다.

도망치기는커녕 석상이라도 된 양 제자리에 가만히 서 있기만 했다.

콰득.

천천히 다가간 흑휘는 족제비의 목덜미를 물었다.

그러자 족제비의 눈동자에서 빛이 사라지며 축 늘어졌다.

캬아오!

너무나 쉽게 족제비를 처리한 흑휘가 고개를 바짝 들고서 포효했다.

승리도 승리지만 경고하는 것이었다.

자신의 영역을 침범하면 그 누구도 가만두지 않겠다고 말이다.

푸더더덕!

그런 흑휘의 의지가 전해진 것인지 뒷산에서 수많은 새들이 느닷없이 날아올랐다.

무인환생

동시에 뒷마당에 평화가 찾아왔다.

꾸룩. 꾸르륵.

그리고 닭들의 눈빛이 달라졌다.

늘 두려워하며 피하기만 하던 닭들이 방금 전의 일전으로 흑휘를 다르게 생각한 것인지 더 이상 울거나 홰를 치지 않았다.

오히려 닭장에서 흑휘에게 제일 가까운 곳에 우르르 모여서 흑휘를 쳐다봤다.

마치 고맙다고 인사하듯이 말이다.

크릉.

하지만 그런 닭들의 눈빛을 흑휘는 도도하게 무시했다.

사체가 된 족제비를 입에 물고서, 왔을 때와 마찬가지로 바람처럼 사라졌던 것이다.

그러나 흑휘가 떠났음에도 닭들은 제자리에 서서 하염없이 한곳만 쳐다봤다.

석진호가 타고 있는 쪽배가 바다를 가로질렀다.

공력을 이용해 쪽배를 조종했던 것이다.

그래서 쪽배에는 돛은커녕 노 하나 없었다.

"슬슬 환골탈태를 노려 봐야 하나."

팔짱을 끼고서 심해로 나아가던 석진호가 중얼거렸다.

아직까지는 딱히 불편함을 느끼지 않고 있지만 그래도 강해서 나쁠 것은 없었다.

게다가 맞지 않는 옷을 계속 입고 있는 느낌이라 불편하기도 했다. 남들이야 희대의 천재니 괴물 같은 재능이니 추켜세우지만 석진호는 천하제일인까지 해 봤던 인물이다.

그렇다 보니 이 정도는 성에 차지 않았다.

"환골탈태해서 나쁠 것은 없으니까."

어깨를 으쓱거리던 석진호가 쪽배를 멈춰 세웠다.

오늘은 일단 이 정도에서 탐색해 볼 생각이었다.

없으면 좀 더 깊은 바다로 나가 보고.

풍덩!

가늘고 질긴 밧줄로 쪽배와 왼발을 연결한 석진호가 곧장 바닷속으로 뛰어들었다.

그런데 물속에서의 움직임이 범상치 않았다.

마치 한 마리의 인어처럼 석진호는 너무나 편안하게 해저 쪽으로 내려갔다.

'역시.'

수직으로 밑바닥을 향해 내려가던 석진호가 눈을 빛냈다.

다양한 해초들 사이로 수많은 조개들이 보이자 입가에 미소를 지은 석진호는 이내 빠른 속도로 주변을 탐색하기 시작했다.

무인환생

스르륵! 스륵!

깊은 바닷속이었기에 주변이 어둑어둑했지만 안력을 집중하자 딱히 불편함을 느끼진 못했다.

게다가 가지각색의 물고기들을 보는 재미도 있었다.

'하나 정도는 건졌으면 좋겠는데 말이지.'

수군으로 징집됐던 시절 운 좋게 익혔던 수공을 극성으로 펼치며 석진호가 빠르게 주변을 살폈다.

아직은 호흡이 괜찮았지만 그래도 언제까지나 바다 깊숙이 있을 수 있는 건 아니었기에 석진호의 두 눈이 빠르게 움직였다.

'음?'

밧줄은 넉넉히 가져왔기에 편하게 주변을 훑던 석진호의 동공이 순간 번뜩였다.

밀러서 은은한 자색 빛을 발하는 조개가 눈에 들어왔던 것이다. 그런데 신기하게도 석진호의 시선을 느낀 것처럼 자색의 조개가 슬금슬금 모래 속으로 들어가기 시작했다.

'놓칠 수 없지!'

조개 주제에 도망치려 하는 녀석을 석진호는 득달같이 다가가 낚아챘다.

한데 그게 끝이 아니었다.

놀랍게도 사람 얼굴만 한 크기를 가진 조개는 껍데기를 크게 흔들어 석진호의 손아귀에서 벗어나려고 했다.

'어림없다.'

거칠게 반항하는 자색 조개를 석진호는 능숙하게 미리 준비한 그물주머니에 넣었다.

그러고는 구멍까지 조여서 도주를 원천 봉쇄했다.

'오십 년 정도인가. 좀 더 뒤져 보면 백년자패(百年紫貝)는 몇 개 찾을 수 있을 것 같은데.'

석진호의 두 눈이 번뜩였다.

굳이 백년자패가 아니더라도 많이 묵었다 싶은 것들은 죄다 챙겨 갈 생각이었다.

'영물은 꼭 산이나 동굴에만 있는 게 아니니까.'

의미심장한 미소와 함께 석진호의 신형이 바다 곳곳을 누비기 시작했다.

다음 권으로 이어집니다

武人還生
무인환생

One for all
원포올

일라잇 스포츠 장편소설

작렬하는 슛, 대지를 가르는 패스
한계를 모르는 도전이 시작된다!

축구 선수의 꿈을 품은 이강연
냉혹한 현실에 부딪혀 방황하던 중
운명과도 같은 소리가 귓가에 들어오는데⋯⋯

당신의 재능을 발굴하겠습니다!
세계로 뻗어 나갈 최고의 축구 선수를 키우는
'One For All' 프로젝트에, 지금 바로 참가하세요!

단 한 번의 기회를 잡기 위해
피지컬 만렙, 넘치는 재능을 가진 경쟁자들과
최고의 자리를 두고 한판 승부를 벌인다!

실력만이 모든 것을 증명하는
거친 그라운드에서 당당히 살아남아라!

기갑천마

거짓이슬 퓨전 판타지 장편소설

종말을 막지 못한 절대자 복수의 기회를 얻다!

무림을 침략한 마수와의 운명을 건 쟁투
그 마지막 싸움에서 눈감은 무림의 천하제일인, 천휘
종말을 앞둔 중원이 아닌 새로운 세상에서 눈을 뜨는데⋯⋯

"천휘든 단테든, 본좌는 본좌이니라."

이제는 백월신교의 마지막 교주가 아닌 평민 훈련병, 단테
그럼에도 오로지 마수의 숨통을 끊기 위해
절대자의 일 보를 다시금 내딛다!

에이스 기갑 파일럿 단테
마도 공학의 결정체, 나이트 프레임에 올라
마수들을 처단하고 세상을 구원하라!